忘れてきた花束。もくじ

忘れてきた花束。

伝わらないことが、たくさんあって、ほんとによかった。
伝えにくい荒野の面積が広大であることは、たぶん希望だ。

境界線を気にするんじゃない。
そこでなわとびをするんだ。

約束は、しばしばやぶられるものなり。
それは、キミがどれだけ一所懸命に
約束を守ろうと努力したかにかかわらず、やぶられる。
だから、ワタシがこんなに苦労したのにと言ってはいけない。
おそらく、これから、その逆の場合もありうる。

いかにも見事な答えを、すばやく借りてきて、
それを身につけたつもりになっていても、
そのことばは、世間の川に流されておぼれているときに、
ポケットのなかのティッシュのように
身体から離れてふわふわ泳いで溶けていってしまう。

なんだかわからないけど行く、というようなことは、
こどものときとか、若いときには、よくあった。

人びとが、ふつうに通勤や買い物の用事で使うバスは、
用事のない人を乗せて遊ばせてくれるバスでもある。

少数であることを気どらない。
多数であると思って調子にのらない。
考えるべき重要なことは、多さや少なさじゃない。

満開の桜舞う道、入道雲の湧く海、綿をかぶった家並み。
いまじゃない季節は、みんな平凡に美しい。
いまの季節は、飾りようもなしに、この目に見えるもの。

「うまく伝えるのはむつかしい」という場合は、
たいていが、とてもおもしろいことである場合が多い。

花が咲くのは、ある日突然のようですが、そうでなく、
毎日のように予告編は上映されているんですよね。
枝のあちこちに、固いつぼみが
ちゃんと目に見えるような姿でその日を待っています。
毎日、注意深く見ていたら、
ちいさなちがいを見ることができるのでしょうね。
時計の短針の動きのように、つぼみは動いています。

ゆっくりだけれど動いているものに、
ぼくらの関心は、なかなか向けられません。
桜の枝に花が咲くまでの物語を、
ていねいに読みとれていないのと同じように、
あらゆるものの震えや育ちを、
忘れながら、見逃しながら生きています。

見る見る成長していく赤ちゃんなんかだと、
昨日と今日のちがいがことばにできるほどだったり、
何日か見てないうちに、すっかり大きくなっていたり、
おもしろいほどの変化があります。

でも、おとなになった人間というのも、
毎年、桜の老木が芽吹き花を開かせるほどの変化は、
ちゃんとあるのだとも思えます。
じぶん自身にさえも、気づかれていないような物語が、
地球の公転や自転や月の満ち欠けに合わせて、
リズムを刻むように進行しているのでしょう。

ぼくも、あなたも、桜の木で、仔猫です。

動いていることを、転がしたい。
ころころろっと、ラグビーのボールみたいに、
へんな方向に力強く転がってくれるのが
いいなぁ。

やわらかいどうぶつは、
抱えたときに、とろりと流れる液体の感じがある。
同じどうぶつのからだでも、ずいぶんちがうものだ。

じぶんが、どうやったら勝てるのか、
じぶんが、どうやったら生き残れるのか、
他の誰でもないじぶんの価値を、どうやってつくるのか。
それを懸命にやるからこそ、
なんとかやっていけるわけだよ。
紙一重のセーフをなんとか繰りかえして、
紙一重のアウトになっても砂ぼこりをはたいて、
じぶんや、じぶんの守る者たちを生かしていく。
そういうものなんだと思う。
誰も負けない、傷つかない、誰も泣かないなんてこと、
先に考えてどうするんだ。

「あ、いいこと考えた！」と、
こどもたちはよく言うけれど、
大人になっても、それを言い続けている人が
いろんなことを変えるんだと思う。

おれの人生のなかで、
「わかったようなことを言った」とか
「知ったかぶりをした」回数が、
10万回くらいあったとするだろう？
だけど、これをよ、死ぬまでの総数として
11万回くらいまでのところに抑えたいなぁと思うんだよ。

現実の世界には、「天然の退屈」というものがある。
それだけでも、味わう価値のある体験だ。

どの地点にいても、
「絶望」と「希望」と「わからない」の三つの道がある。
まずは、「希望」にチャンスを。

「ひとり」でいられない人が、
「みんな」でいても、しょうがない。
「ひとり」でしかいられないのでは、
「みんな」となにかすることはむつかしい。

やがてさく。

桜の小枝。
ほら、なにかが
ふくらみはじめてる。
いつ咲くのかは、
おたのしみ。

いしのまき。

ブイちゃん元気ですか。
おとうさんは石巻に向かっています。
たぶん、とても寒いので、
ブイちゃんは、ブルブルと
震えるんじゃないかな。
おとうさんは、平気です。

散歩のときに見かけた
一体化しすぎの風景。

はねる。

はねる　はねる　はねるは　うさぎ。
ぴょんぴょん　ぴょんぴょん
いぬだって　はねる。
まーるい　まるい　まんまるな
おつきさま　くわえて
わんわん　はねる。

愛されることだとか、愛することについて。
生まれつきのなにかについて、好きとか嫌いとかの根源について、
じぶんがこどもだった家族のこと、じぶんがつくった家族のことについて。
仕事のこと、得意ということ、運ということ、幸福ということについて。
死ぬということ、生きるということについて。
憎しみのこと、優しいということについて。
病むこと、傷むことについて、
悲しいということ、ひとりぼっちということについて。

知っているようで知りはしない。
わかっているようだけれど、ちっともわからない。
わからないから、考えることをやめさせてもらえない。
いつまでも堂々めぐりが続いてしまうのだけれど、
あれかな、これかな、というような
「とりあえずのピンどめ」みたいなことが増えていく。

いっぱいピンの打ってある白地図みたいなもの。
それが「ものすごく考えた」ということだと思うのです。

答えの見つけにくいことについて考えて、
「引き出し」に仕舞ったり出したりしています。
「気が合うってどういうことなんだろう？」とか、
「色気ってのはなんなんだ？」とか、
「ほんとうに貧すると鈍するのか？」とか、
「人がわるく変わるという場合の理由って？」とか、
「死ぬってどういうことなんだ？」とか、
「人の考え方ってどういうふうに決まるのか？」とか、
「ずっとうれしい気分で生きられる方法は？」とか、
「ヘンタイってどこからどこまでのことなのか？」とか、
「背の高さで人の考えは変わるのか？」とか、
「擬態する動植物は、じぶんをどう見てるのか？」とか、
ま、雑然といっぱいあるわけです。
調べればわかるようなこともあるのでしょうが、
調べても納得できないことは、まだ「引き出し内」です。

『ばかがばれてから』

こうして、毎日毎日、なにか書いている。
対談も、ずいぶんたくさんやってきた。
あちこちでしゃべっていることもある。
取材を受けて、あれこれ語ってもいる。

これだけたくさん語っていると、
どんなにりこうぶっても、ばかがばれてしまう。
もっと奥深い人物だと思われたいとか、
なかなかの教養人、のふりをしていたいだとか、
みごとな表現者であるとか、
ああ見えてたいした男ですよ、であるとか、
どういうふうに取り繕っても、もう遅い。
ばかは、すっかりばれているのである。

実物大のぼくが、どういうものであるか、
すっかりばれてからが、ぼくの勝負であると言っていい。
多少でも「まし」なところがあるとしたら、
もともと持っていたものなのか、

それともばかが少しずつ身につけたものなのか、
どちらかであるというわけだ。
どのみち、たいしたものじゃぁない。

謙遜しているのではないことは、
ぼく自身もちゃんとわかっているし、
ぼくの書いたり言ったりしていることに
ずっとつきあってくれている人なら、わかると思う。
これだけ大量に、ひっきりなしになにか言ってると、
もういまさらごまかしようもないから、
ばかがばれていることについて、あきらめられるのだ。

ただ、ずっと同じばかでいるよりは、
そこから、もっとナイスなばかになりたいとか、
ここらへんは、ばかのままじゃ迷惑がかかるなとか、
努力というようなものを始めたり、
勉強してみようかとかいう気になったりするわけだ。
そう、つまり、ばかがばれてから、こそが、
ぼく自身のつくってきた、ぼくというものなのである。

どれが、じぶんのやるべきことなのか。
どういうことが、じぶんのやりたいことなのか。
ほんとうにやめてはいけないことは、なんなのか。
やり続けたいのは、どのことなのか。
じぶんの中心を探すようなことなのだと思います。
じぶんと一体化した「なにか」が、なんなのか？
それをよくよく考えてる人は、とても強いはずです。

考え切れない量のことを考えないせいで、
考えるのが楽しい。

他人に必要以上に期待されていると思うと、
見栄を張ったり知ったかぶりをしたり、
嘘をついたり、強がったりもしたくなる。
期待には、よく洗って泥を落として小さくしてから
応えたいものだ。たいしたことない者らしく。

じぶんが正しいかどうかについては、
じぶんだけで決められることはなさそうだが、
じぶんが誠実かどうかについては、
じぶんだけでほんとうの答えがわかるはずだと思う。

じょうずであることよりも、
うそをつかないことのほうが、
ずうっとすばらしいことなんだ。
どれほど磨いた技術でも、
凄まじいばかりの経験でも、
ぜんぶ捨てられると思うけれど、
それでも、「うそをつかない」という場所に
たどりつくのは簡単じゃない。

じぶんのしていることについて、
わからないままにしてある。
自然現象のようにじぶんを扱う。
どうなるのかを、他人事のように見ている。

はなについて。

前々から言っておこうと思ってた。
犬は、あんまり、花とかが、
好きじゃありません。
ひとことで言えば、興味ないんです。
でも、花と犬の写真がいっぱいある。
ま、しょうがないと思いますけどね。

りゆう。

おとうさんは、
「食べたいから」という理由で、
バジルを植えました。
どうなるのかは知りませんが、
わかりやすい考えですね。
「食べたいから」……わかる。
でも、バジルを植えるのに、
他の理由なんかないような気もする。

き。

ちょっと散歩するとわかるんだけど、
東京には、力強い樹木が
いっぱい見つかるんだよなぁ。
ひとつずつ、名前をつけておいて、
あと百年くらい経ってから、
また会いたいものだね。

はるのおがわ。

あちこちで、
水の流れる音がしています。
山の雪が溶けて川を流れていてね。
花の咲く音、枝や葉の伸びる音、
鳥の飛ぶ音、風の通る音。
ほんとはいろんな音がしてるはず。

『魔女の宅急便』という映画に、

「おちこんだりもしたけれど、私はげんきです。」

というコピーを書いたことがあったけれど、
ぼく自身の「元気」についての考えというのは、
この20文字足らずで、
言い尽くしているような気もする。

いつも元気でいられることなんかない。
病気もあるし、おもしろくないことや、つらいこと、
不運に見舞われたこと、悲しいこと、苦しいことなど、
元気になりにくい原因なんかいくらでもある。
人の前では元気に見せていても、
ひとりになったときに悩みのなかにいることもある。

それは、とてもふつうのことだ。
だから、正直に、それを認めてしまったほうがいい。
ぼくは、そういうふうに思っている。

そして、いつも元気じゃないことを
わかりあったうえで、
「せっかくあなたといるのだから」というような、
人びとの前に開かれたじぶんの役割として、
「私はげんきです」と言う。
それは、わたしが元気であることが、
あなたの元気のお手伝いを
することになるからでもある。
そしてもちろん、あなたと会っていることで、
わたしは元気になったんだ、と、
じぶん自身に声をかけるというような意味がある。

こうやってあらためて言ってみたら、
ぼくの考える「元気」というのは、
あんまり熱量の高いものではないようだ。
「ほほえみ」と同じくらいの意味なんじゃないかな。
ちょっと微笑んでいる人と、微笑んでない人。
そのちがいくらいが、元気な人と元気じゃない人の差。
そんなものかもしれない、とも思える。

元気と、元気じゃないのちがいは、紙一重なのかもね。
なんだか、そう思うと、すっと元気にもなれそうだ。
元気とは言えない友だちたちよ、ついでに俺よ。
元気でね。

さまざまな新しいことは、
詩人が種をまいて、はじまる。

鳥のように空を飛びたい。
こう、詩人が言った。
ほんとうは、たいていの人たちが
思ったことのあることだったけれど、
詩人がことばにしたのだった。

誰かが表現してしまったら、
あとは、みんなに引き継がれる。
科学者は考え、職人も考え、事業家も考える。

それぞれに、じぶんのできることを考えていく。
やがては、人が鳥のように空を飛ぶことができる。

大昔から、人が思っていたことが、
できるようになってしまう。
人は、ほんとうに空を飛んでしまう。

種をまいた詩人の本職は、
科学者だったかもしれないし、
職人だったかもしれないし、
事業家だったかもしれない。
もしかしたら、ただのこどもだったかもしれない。

桜の木があってもなくても、
なにか困るかと問われたら、
問う人を納得させられるようなことは言えない。

なくてもいいのかもしれない、桜の木は。
満開の桜の下で、ぼくらはなにをよろこんでいるのだ。

桜の木などなくてもいいということばにくらべて、
言い返すことばのほうは、かんたんではない。
だけど、しかし、言い返すのはむつかしくても、
ほんとうのことを、ぼくらは知っている。
実は、桜の木ばかりじゃなくて、
ぼくらの知っている世界のほとんどは、

なくてもいいものばかりなのだということを。

なくてもいいものとは、
あってよかったなぁと思うものだ。

おしゃれも、あそびも、おいしいものも、おもちゃも、
たのしいもののほとんどは、
なくてもいいと思われそうなものだ。
そして、ときどき、あってよかったなぁと思われている。

この島国に、こんなにたくさんの桜の木がある。
たぶん、その多くは、人が植えたり育てたものだろう。
なくてもいいものが、こんなにたくさんあってよかった。

こもれびじゃない。

新しい照明を見つけました。
木漏れ日じゃなくて、
ゆらゆら光です。
工事現場のフェンスのところです。
きれいでしょう。

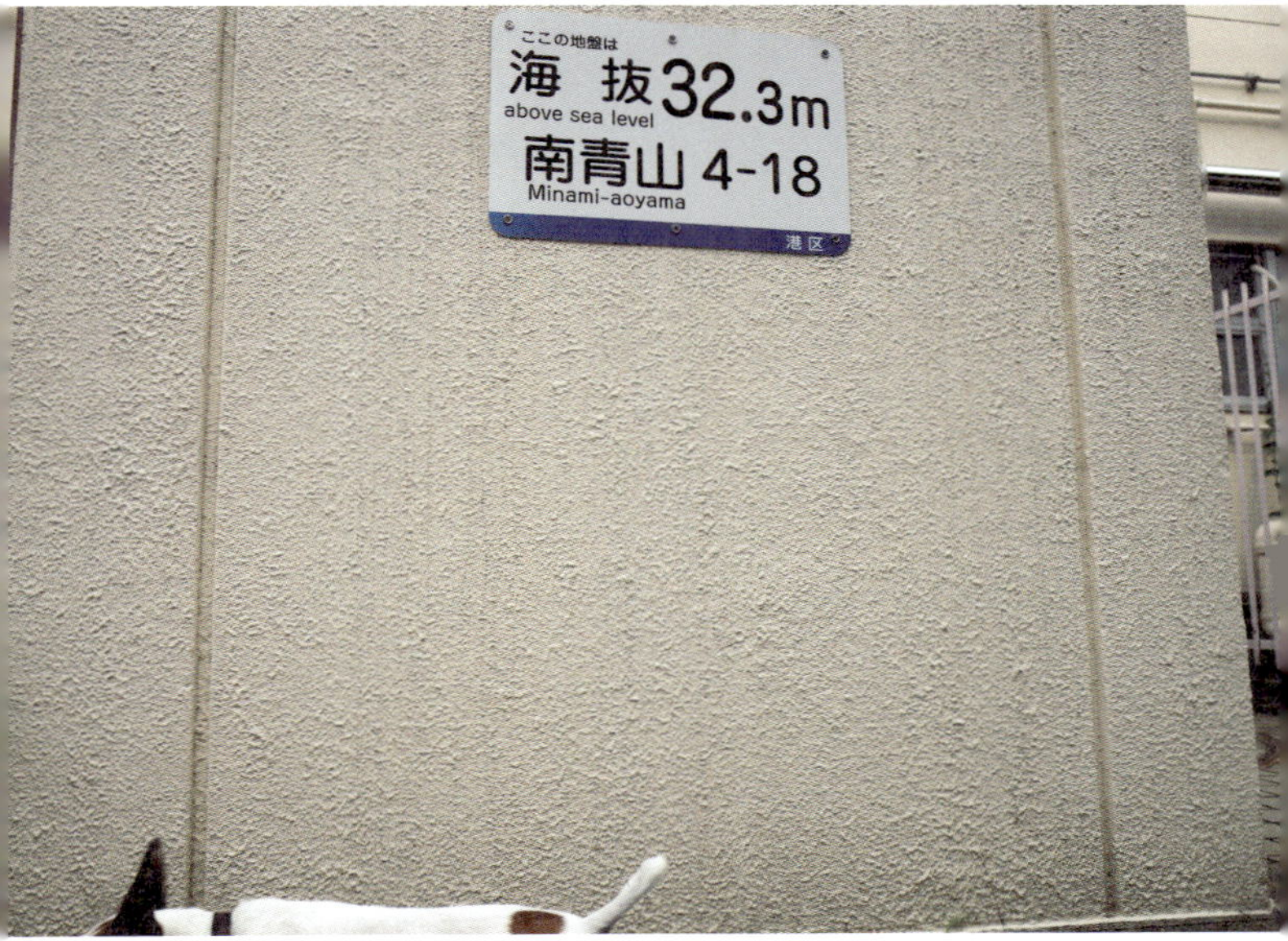

かいばつ。

散歩の途中で、おとうさんが
「へーえ」と言いました。
このあたりは、海の水面から
32メートル高いんだそうです。
港という名前の区だから、
あんまり高くないんですって。

いつも人は、現在にしか関与できないのだ。
過去はやりなおしが利かないし、
未来は現在を通してしかなんともできない。

怒鳴る人は、じぶんに弱みのある人。
威張る人は、威張らないと立場がない人。
責める人は、じぶんが責められたくない人。

変わらないと思われていることが、実は変わってもいる。
おおぜいが、そのほうが「都合がいい」と思えることは、
あんがい、じわじわとだけれど、変わるものなのだ。
すぐを急ぐと、逆に、おおぜいの都合がつかなくなる。

「がんばれ」って、意味じゃなくて、
その（「がんばれ」という）声なんだと思うんです。

気が遠くなるという体験は、
ときどきあったほうがいい。
ぼくの身の回りに化石を置いてあるのも、
その「気の遠くなる」感覚を呼び起こしたいからだ。

同じことなら、いつどんな状況でもできる。
そういうことを、実力と呼ぶのです。
実力があるからこそ、じぶんの実力ではできないことを、
「いまは、できないからやらない」と言えるわけです。
そして、できることを注意深く、
真剣にくり返していると、さらに実力はついていきます。

食べるどころか、さわるだけで危険という毒キノコがあるらしいが、
もっとすごいのは見るだけで危険というやつで、
さらにものすごいのはその存在を知るだけで危険という毒キノコです。
ちなみに、ぼくがいまも生きていられるのは、
そのものすごいやつの存在を知らないからです。

いつまでも「クロワッサン」じゃ他人行儀かと思って、
「クロワッチャン」と呼んだりしている。

はなれてる。

犬は、家族にくっついてる
……ばかりじゃありません。
独立してテレビをみたりもしてます。
また、気が向いたら、
くっつこうと思っています。

ぴんと。

おとうさんが犬の写真をとるとき、
ピントを合わせるカメラだった場合、
どうやら、鼻の黒いところを
利用しているらしいです。
目玉のときもあるらしいですが、
だいたいは鼻だそうです。

すっごいそら。

犬は、ボール投げしてもらって、
それから散歩に出たのですが、
ぽつりぽつりと雨が当たったので、
帰ってきたのでした。
だって、空だって、こんなですし。

なんかひかりが。

強い風がふいて、
ちょっと雨粒が飛んできて、
なんか光が射してきて、
なんだかいい景色になってた。

なにかを「たくさんやる」というのは、
若いときには、とても必要なことだと思っている。
本を読むでもいい、映画を観るでもいい、
うまいと思ったものを食うことでもいい、
遊ぶならバランスをこわすほど遊ぶのもいい。
あれをすることでも、なにをすることでもいい。

げっぷが出て、もういやだというほどやって、
やっと「なんだか、もういいかも」なんてね、
落ち着けるようになるものだと思う。
それが、なにかから自由になるために必要なことだ。

ちょっと足りないくらいがいい、なんてことは、
実はまったく足りないのではないだろうか。

嫌いになるくらい、それをする。
消化しきれないなにかが体内にたまって、
ひょっとしたら毒になるようなこともある。
若いときには、それくらい行き過ぎてもかまわない。
そうでないと、それを「眺める」だけで終わってしまう。
それと「格闘する」ことのほうが、たぶん大事なのだ。

1　じぶんの足で、しっかり立てる、歩けること。
おんぶされながら、口だけ動かしてるのはだめさ。

2　誰かの手助けができるくらいの力をつけること。
力のないままじゃ、誰に手を貸すこともできないですから。

3　そのための勉強や練習は、
毎日忘れないようにしようねということ。

このくらいのことだけを、毎日忘れないで続けていたら、
それなりに大人になっていくでしょうし、
けっこうおもしろくなると思うのです。

若いころ、ゴダールの『気狂いピエロ』観たり、
唐十郎の紅テントの芝居観たり、
横尾忠則さんのやってるいろんなこと見たりしては、
日々、がっくり落ち込んでいた。
嫉妬というには遠すぎてさ。
たいてい、そういうときって、落ち込んだあと、
弱々しく「おれもがんばろ……」って思うんだよね。
「それでも、おまえもいてもいい理由」
ってのを探すようになるんだ。
その行き着く先が、その人。

生き方って、ひとつだけじゃないと思うのです。
とくに！　若いうちは。
年を取ったり、健康を害したりすると、
だんだんと生き方を変えにくくなっていきます。
あと、こどもも生き方を変えにくいですね。
だけど、若いうちって、じぶんの生き方を変えられるから、
だから、世界を柔らかく見られる。
じぶんの生き方は変えられないんだと思いこんだら、
そこからしか世界は見えてこない。
若い人だけじゃなく、じぶんの生き方を変えられる人は、
「変えられる」という「お札」をいつも胸に持って、
柔らかにいられたらいいんだけどなぁと思います。

よほど特別な人でないかぎり、頭のなかでは、
「悪いこと」「ずるいこと」「卑怯なこと」は考えつく。
そして、他人に対しては「疑い深い」し、
じぶんのことには「とても甘い」のが当たり前なのだ。
濃い薄いはあるけれど、人間の思いや考えというのは、
そういうふうにできているとも言えるだろう。

そのうえで、「どういう人でありたいか」が異なるのだ。
人を蔑んだり疑ったり悪罵をぶつけたりすることを、
「する人でありたい」のか「しない人でありたい」のか、
その選択の連続が、その人の輪郭や骨組みをつくる。

ぼくは、人間の考えについて、そんな整理をしている。
だから、性善説だの性悪説だの、どっちでもいい。
いわば、好みとして「どういう人を理想とするか」
それを少しずつでもやっている人は、かっこいい。

大人っていうのは、こどもたち諸君に、
「おとなになったら、あんなふうになりたい」と、
うらやましがらせなきゃいけないと思うのです。

新しく夫婦になる人たちを、
周囲は、できるだけ自由にしてやりたいものだと思う。
あんまり大きな期待を押しつけちゃいけないと思うのだ。
だから、ちょっと逆説的になるけれど、
「幸福になる義務はないよ」というようなことをぼくは言う。
周囲の人は、よく「幸せになれ」と言うものだけれど、
幸福は、なろうとして追いかけたら逃げていくものだ。
しかし、前に見える逃げていく幸福は、
後ろや、横には、よくいるものだったりする。
「あ、これか」と気がつくのが幸福なのではないか。

祝いも、別れも、相手を自由にしてやれるかどうかが基本。

ぼく自身が、そこそこ年齢のいった「親」でもあるけど、
世間の「親」のことが迷惑に思えてならないんですよね。
若い人たちが上手でないこともたくさんあるけれど、
その逆のほうがずっと多いと思うんですよ。
「親」という立場からのご意見がじゃましなければ、
世の中は、もっとのびのびすると思うなぁ。
「親」から下の世代に教えることは、
もっとさ、人を自由にするようなことじゃないのかね。
ぼくは、「親」が子にどうしてもと頼むのは、
「親より先に死んではいかん」ということだけだと思う。

おばちゃんの活躍がなければ、
おそらく世界中の手でつくる伝統工芸は滅んでしまう。
おばちゃんたちが集うランチや女子会がなければ、
あらゆるレストランは閉店になってしまうのではないか。
生産も消費も技術も趣味も、実は、おばちゃんが、
支えているのを、ほんとうはみんな知っている。
だけど、おばちゃんという呼称は本人が認めてないので、
ずっとカウントされてないだけなのだ。
はっきり言える。
とっくにおばちゃんの時代になってるの。

ぼくは、じぶんが年寄りになってきたものだから、
これまでの年寄りの言うことに、やや厳しくなっている。
じぶんひとりの趣味にしておくならいいけれど、
「そういうことを言うもんじゃない」と、ぼくは思う。

みろこ・りょーじ。

ブイちゃんに留守番してもらって、
おとうさんは新宿伊勢丹の
ミロコマチコさんの飾り付けを見て、
地下でお弁当を買って、
銀座の荒井良二さんの展覧会に
行ってきたのでした。
ずっと雨だったけど、
人をやる気にさせるものに会えました。

きゃわいいものやさん。

かえる。

カメラを持って街を歩いていると、
いろんなおもしろいものが見える。
すっと通り過ぎていたものも、
ふと、「こりゃ、へんなものだ」と、
ちょっと引き返すことになったりね。
カエル……やっぱりへんなもんだ。

誤算だ！
ずっと前に買って、
いつかお風呂に浮かばせてやろうと
思ってたアヒル。
実際に浮かべたら、横かい?!

都市で生活していると、たとえば冷蔵庫がなくても、少し歩いてコンビニに行ったら、飲みものでも食べものでもそこにある。車庫もクルマもなくても、タクシーをつかまえられるし、レンタカーを借りたらドライブはできる。服も、靴も、足りなかったら買いに行けばそこにある。料理をする道具がなくても、外に食べに行けばいいし、掃除が嫌いなら掃除する人を雇うということもできる。マンガも、本も、マンガ喫茶や図書館にある。▼さまざまな、「内」にあったものは、「外」に置かれることになった。内部だったはずのものが、外部化されていった。じぶん自身が身に備えておくはずだった技術なども、分業化され、部品として買えるものになった。▼ということは、じぶん自身も、他人にとっての分業の一部門であり、部品である。コンビニの売り子にとって、コンビニの客は販売というしくみの部品でもある。▼人が「機能」を求められるということは、それだけ「機能（部品）」として、あてにされているということでもある。都市とは、孤立化していくようにも見えて、実は部品としてあてにされている社会である。ただし、部品は壊れたり機能しなくなった場合には、交換可能であるような（匿名の）ものである。▼都市化というのは、分業化であり、部品化である。このことを、嘆いているのではない。そういうふうになってきたという事実を言ってるだけだ。▼逆に、都市を離れて自給自足などをする人たちは、できるだけ「内」に多くのことを取り入れたいわけだ。分業の他人をあてにし過ぎたくないのだと思う。ある意味では、こちらのほうが、関係をクールにとらえているのかもしれない。「どっちも選ぶ」という方法が、できるのではないか。都市と、都市以外、ふたつの中心を持つ楕円の社会。

「どこかに百万円落ちてないかなぁ」と言ってる人で、ほんとうに、百万円落ちてるかどうか目を見開いて、注意深く暮らしている人は、まず、いないのではないか。▼夢のようなことを口にする人と、夢のようなことを実現する人とは、まったくちがうのではないかと思っている。「どこかに百万円落ちてないかなぁ」にしても、「白馬に乗った王子様がわたしを」にしても、ほんとうじゃないことを設定して口にしている。▼口にする前の思いは、きっとあるはずなのだ。「大きなお金を手にしたい」だとか、「わたしを幸せにしてくれる人と結ばれたい」だとか、本気で思ったら、糸口を見つけはじめられるようなことだ。でも、その糸口を見つけるところまで行く前に、「大金が落ちている」だとか、「王子様がいる」とかの「言うだけの夢」に変換しちゃっているのだ。▼糸口を見つける、その糸を引っぱりはじめる。それをするのは、なかなか大変なことなのかもしれない。頭も使うし、他の人の協力も必要だろうし、あり余っているわけでもない時間を、たくさん使わなくてはならないだろうし、その前に、足や手を動かすことが大事かもしれない。▼おそらく、人間には、ある種の「趣味」として、本気じゃない夢を語りたいということがあるのだろう。本気になるか、語るのをやめるかしたほうが、ほんとの夢は叶うだろうなぁと、ぼくは思う。

痛恨の出来事があった、なんていうとき、「ああ、1日前にもどれたらなぁ！」なんて思うかもしれないけれど、1日前どころか、1時間前にも、1分前にも、1秒前にももどることはできない。▼口から出たことばは、1秒前にもどって呑み込むことはできないし、人を殴った拳も、引っこめることはできない。クルマのハンドルは切り直すことはできないし、ひとつの角を曲がり直すこともできない。この「もどれない」「できない」については、いい考えなんかない、あらゆる方法は役に立たない。▼1秒前にももどれないという事実を前にして、まっさきに知っているべきことは、その1秒前にももどれないということです。そして、どうすればいいのかなんですよね。▼「覆水は盆に返らず」って昔の人も言いました。冷徹です、現実というのは。だけど、ぼくらは、ひっくりかえった水を前にして、あれこれ考えたり、しゃべったり、叫んだりしてしまう。「ここから」どうするか、手を動かし足を動かしながら、この先のことを考えていかなきゃならないのにねぇ。だけど、この先のことを考えて、ひとつずつ手を打っていくというのは、簡単じゃない。それよりは、ひっくりかえった水について、あれこれ言ってるほうが簡単なんだよね。▼チームの仕事のなかでも、個人的な日常のなかでも、「やっちまったなぁ」ということは、いくらでもある。でも、ほんとに、そこからあとが問われるんだよね。それは、たぶんなんだけど、失敗や挫折だけじゃなく、成功や栄光についても、同じかもしれないなぁと思うんだ。その、いいことでもわるいことでも「やっちまった」、そこからあとの時間をどう過ごしてきたか、だよなー。ほんとに、「いま」と「いまから」が、大事なんだよね。

だいたい、人間以外のものは、ことばをしゃべらないことになっている。異論はあるかもしれないが、基本的に、ぼくもそう思って生きてきた。▼しかし、ただ一度だけだけれど、ソックスがしゃべるのを耳にしたことがある。洗濯のあとで、どこかになくなってしまったはずの、片方の靴下が、半年ぶりくらいで見つかって、もう片方に重ね合わされたとき、「ああ、よかった」という声が、どこからともなく聞こえてきたのだった。あの「ああ、よかった」を聞いてしまったせいで、ぼくが、いかにふだん、さまざまなものの声を聞き逃していたかがよくわかった。いま発見されたほうの靴下がしゃべったのか、ずっとパートナーを待っていた靴下がしゃべったのか。どちらもが、声をそろえたのか。▼この話は、たぶん何度か書いたこともあるし、知りあいに話したこともある。冗談を言ってるつもりもないが、うそを言ってるわけではない。それは幻聴だ、病気じゃないのかと言われたら、そういうことだったのかもしれない。▼おそらく、ぼくの「生きていること」の文脈のなかに、「ああ、よかった」という声が必要だったのだろう。その声がピタッとはまってくれるので、聞こえたという記憶ができてしまったのだとは思う。たぶん、実際にあったことのなかで、すっかり忘れてしまうことがあることや、自信を持って記憶ちがいをしていることなんかも、同じような現象なのだろうとは思う。▼でも、それから、あることがわかるようになった。古い伝説のなかで、どうぶつや木々がしゃべることや、子どもが、よく、ぬいぐるみとしゃべっていることは、なんの不思議もない、あたりまえのことなのだ。風も木も、石も、どうぶつたちも、みんなしゃべる。だんだんしゃべらないようになってしまっただけだ。

犬を連れての散歩の事情が、少しずつ変わってきている。仔犬のとき、若い犬のときには、前に出ようとして首輪で締めつけられてもぐいぐい引っぱっていたものだった。「イトイさん、犬に散歩させられてましたね」なんて、その光景を目にした人から、よく言われていた。距離も、さんざんボール投げをした後なのに、地下鉄3駅分くらい歩くことは、よくあった。▼ずっと、そんなふうだったつもりなのだけれど、ありがたいことに、引っぱり癖はすっかりなくなった。ほんとうにいつのまにかすこしずつ、歩くのもしだいに速過ぎないようになり、さらにいつのまにか、帰り道などは、ぼくの後を歩いていることも多くなった。いくらでも散歩はしたい、そういう顔はしてるけど、ある時期よりずっと短い距離で終わっても、あんまり不満もないようになっていた。▼そんな愛犬の衰えを、感じないようにしてきたのだが、ここ1年くらいは、そうは言ってられなくなった。元気な老犬、というところにいるのだろうか。老け顔になったと、冗談ではずっと言ってたし、そこにまた、あらたなかわいさを感じていたので、この先、もっともっと親しくなっていくような気がする。▼昨日、犬と散歩をしているときに、ふと思った。散歩というと、犬のためという理由でやっているけれど、ぼくは、ひとりでも散歩をしているのだろうか。犬がいなくても散歩はできるはずではあるけれど、こんなおじさんが、ひとりでふらふらきょろきょろと、のんびり歩いているとしたら、そうとうに怪しいだろう。写真を撮ったり立ち止まったり、なにかをじっと見たり、いい年をしたおやじがそんなことをしていたら、ただ散歩をしている人というふうには見られそうもない。▼……そうか、だから、散歩している年寄りは、スポーツウェアを着て、スニーカーを履き、大またで手を振りながら息を整えるように歩いてるのだ。犬さえいたら、もっとぶらぶら自由にできるのになぁ。

大瀧詠一さんの「お別れの会」は、とてもよかった。故人がどれくらい偉いものだったかを語るよりも、あの人とあんなことがあった、こんなことがあった、生きてればこんなこともできたのになぁ、というような、それぞれが故人の横顔を語るような弔辞だった。それは、大瀧さんが「ポップス」の人だったということとおおいに関係があるような気がしている。▼「ポップス」、つまり大衆音楽だ。ごくふつうの人たちがよろこんだり悲しんだりする曲を、音楽の職人たちが、家具やら飾りものをつくるようにしてこしらえて、たくさんのみんなに聴いてもらったり歌ってもらったりする音楽だ。ここには、魂だとか、本物だとかというような「命がけ」っぽいことばは、似合わない。つくる人は、ものすごく誠実に仕事することもできるし、ぽんっと投げ出すようにつくったのに、とてもいい感じになってよろこばれることもある。▼ことさら、真剣さだとか、本気だとか、内的必然だとか、研究だの勉強だの練習だのについて語ることはないけど、大衆音楽と呼ばれる「ポップス」というものも、「ポップスじゃないもの」にも増して、価値あるものだということは言える。なんでも、上だの下だのという見方をする人もいるが、そういうつまらなさを、すっと超えて「ポップス」やってた人の代表が大瀧さんだったりする。▼いまでも、新聞の第1面に書いてあることは、社会面やスポーツやマンガや家庭面よりも重要で、それを語ることが大人の資格であるという考えはある。そういう考えの人からしたら、「ポップス」のようなものや、笑いやおしゃれは、実にくだらないものだということになるのだろう。（思えば、ぼくもずっとそんなふうに言われてきたっけ）そういう考えの人に、そうでないという考えを、真剣にぶつけてもわかってもらえないことは知っている。だから、そういうことを、「ポップス」はしない。じぶんにとって、とても大事な「しょうもないこと」を、もっとうまく、もっとたのしく歌おうとするだけだ。

きみの好きなのは、どれ？

1「カレーライフ」
2「カレーワイフ」
3「カレーライク」
4「カレーナイス」
5「カレーライス」
6「カレーアイス」
7「カレースキ」

ピザのひと切れに乗って　きみの家に行くよ　ベイビー♪

おたがいさま。

おとうさんは、よく犬を見て、
「年とってきたねぇ」と言いますが、
おとうさんも頭が白くなってます。
いっしょに年をとっています。
パン、ちょっとくれるかな？

いぬより。

誕生日に、犬宛てに、
たくさんのメールをいただきました。
ほんとうにありがとうございました。
家族一同、長生きしたいと思います。

なにをかんがえてるんだか。

このごろ、おとうさんは、
犬の正面の写真をよく撮ります。
しかも、ちょっとおもしろい顔を。
犬としては、おもしろい顔なんて
やってるつもりはないんですが、
「いいねっ」とか言います。
なにを考えてるんだか……。

なかなか。

犬たちは、もう東京に戻りました。
これは、昨日のことです。
おとうさんが、
どうやって写真を撮っているのかが、
よくわかりますよ。
なかなか、たいへんだよね。

当事者として「決定」に関わった経験が、
しだいに身についていって、
「決定力」になる。

「いつできる」は約束できないけれど、
「いまはじめる」は、「いまできる」ことだし、
「夢」とやらを、「できること」に千切って、
「できる順番」にやっていくことならできそうです。

ぼくは「夢を語る」ということをしていないつもりだ。
夢を語ってると思われるかもしれないが、
いちおうは「計画（プラン）」というものなのだ。

できるかできないかわからないことを、
誰かがやってくれるだろうと語るのは夢だ。
こうすればはじめられるとして、
じぶんたちがやろうとするのが計画（プラン）だ。

途中で失敗することだとか、やりなおすことだとか、
いくらでもあるだろうけれど、
ぼくは計画（プラン）が好きだ。
ついでに言えば、夢のない人と言われるのは平気さ。

解決可能なことと解決不可能なことに、丁寧に分けること。

だれの考えがいちばん優れているのかについて、
言い争っている間にも、なにか手が動いているか？

ホラはホラで吹けばいい。吹いてる間も手足を動かせ。

キミが龍馬やジョブズを語ってる間に誰かがはじめている。

あとでやろうということにも、いまやるべき準備がある。

いろんな企画だとかアイディアだとかいうようなもので、
とにもかくにもそれしかないというくらい重要なのは、
「ずっと考え続けること」だ。

「ずっと考え続けること」の逆は、
「こんなもんでいいんじゃない?」なんじゃないかな。
たいていは、考え続けることに疲れたときに、
そういう、じぶんを励ますようなことばにすがる。
ほんとうは、まだ「すっごい」のができてないと、
じぶんでもわかっているのだ。

「ずっと考え続けること」というのは、
スポーツ選手のリハビリがきついとかと同じように、
なんだか手応えがわからないのに痛いばかりで、
不安にもなるし疲れるし、

なにより元気でやるのがむつかしい。

無意識で逃げたくなるし、その逃げを正当化したくなる。

ほんとにあつかいにくいものなのだ。


どうしたら「ずっと考え続けること」ができるか、といえば、「考え続けたらなにかを見つけた」という経験をひとつずつ増やしていくことしかないと思う。

そのためには、どうしたらいいかというと、「ずっと考え続けること」から逃げないこと。

逃げたとしても「あ、おれは逃げた」と知っていること。

ほんとの「すっごい」にたどりついてる例を見て、「できるものなんだ」と感じること。


「ずっと考え続けること」を、じぶんはできているか？

できているときもあるし、早く楽になりたいときもある。

楽になっても、また、宿題が残るものなんだけどね。

「アイディア」というのは、花みたいなところがある。
緑の葉がどれほど繁っていようが、
そこにぽつんと別の色の花が咲かないと、
人の目は(昆虫や鳥もかな)惹きつけられない。
花が見えるまでは、その景色は、途中に見えるのだ。

「遊び」っていうのは、「ひまつぶし」じゃないんです。
「遊び」を遊んでいる時間というのは、
ひまなんかじゃないし、身体も脳もこころも動いている。
だから、表現というものを産み落とせるんですね。
からっぽな「ひまつぶし」は、ただつぶすだけの時間。
「遊び」は、そこに詰まってるものがある時間なんです。

「やりたいこと」がはっきりあって、

それを、集中してやりたいという気持ちがあります。

でもね、長年生きてきた経験からすると、

なにかに「集中したい」なんていうときには、

かえってめんどうなことから逃げないほうがいいんです。

だから、集中の逆になるようなことにも積極的です。

だいたい、なにかやるときには、怖いのだ。
やったことがないことは、わからないことも多い。
とんでもない目にあうかもしれない。
ただ、絶対にうまくいくならやりたいと思ってる。
そうじゃなかったら、やめておきたいと決めている。
というわけで、たいていは「やめておこう」になる。
ゆらゆらゆれちゃってるけど、
そのゆれは、「やるぞ」のほうではなく、
「やめておこう」のほうで止まるのである。

ずっと、「やめておこう」を経験しているうちに、
もう、ゆれることさえしなくなっていく。

「どうしようかなぁ」と、ぐずぐずしているという状態は、
実はなかなかの快感なのではあるまいか。

ぐずぐずしたまま、決めないでいるというのは、
冷徹な結果に出合わなくて済むという意味では、
まことに危なげがないところにいられる、ってことだ。
もちろん、ぐずぐずしている間も、
ろくでもない状態に近づいているかもしれないので、
それについての不安もあるから、気分はすっきりするものではない。

ほんとうの答えにたどり着いてみたい。
どういう結果であれ、それを受け入れると覚悟すると、
ぐずぐずしているわけにはいかなくなる。

このあたりの人のこころの揺れを、

ものすごく矮小化して語るとすれば、
「冬のベッドのなかにいて、めざまし時計は
とっくに鳴っている状態」ということだ。
ぐずぐずし続けていていいことはない。
ほっとけば、限りなく遅刻に近づいていくわけだ。
起きるべきだけれど、眠い、寒い、疲れている。
そして、この時間は、あまりに甘美に感じられるのだ。

ある程度、快感があるんだよな、ぐずぐずするって。
そして、それが人間というものさ、
という理論武装もやりやすいから一筋縄ではいかない。
ぐずぐずしながら、起きて働く世間を呪うこともできる。

Isn't he a bit like you and me?
それって、なんだか、きみやぼくみたいじゃない？
（ビートルズの『ひとりぼっちのあいつ』の歌詞）

寝ているときに、なにかすることはできない。
寝るときには、寝るしかない。
眠ることの他に、ちょっとでもなにかできるのなら、
きまじめな貧乏性のきみに、健闘を祈ると言いたいが、
ないよ、そんなもの、なにひとつ。
寝ることになったら、寝る以外の道はない。
寝るときには、寝るというだけで十分であるし、
寝たことでまた元気になれる。
寝るときに寝る、というのは大事な大仕事なのである。

仕事をしているときに休むのは仕事のじゃまだ。
逆に、休んでいるときに仕事を考えるのは休みのじゃま。

自己肯定感は、めざまし時計一発で起きることから始まる。

オレ
すごいー
©和田ラヂヲ

もらっちゃったの。

散歩の途中で、
かぶをもらっちゃった。
犬は、食べられないけど、
人間のおかあさんが
よろこんでいるので、
よかったです。
大きいんですよー。

じゃーん。

ブイちゃん元気ですか。
おとうさんは、会社、
じゃなくて、福島です。
たぶん、おいしい桃と、
お饅頭を買って帰ります。

きづいた。

さんぽのとちゅうのことだった。
そのこは、気づいた。
もちろん、犬も気づいた。
吠えると、吠える。
動くと、動く。
くんくんしても、におわない。
おとうさんが、「さ、行こう」と、
ちょっと笑いながら言った。

なんかしら。

ブイちゃん元気ですか。
おとうさんは、いま、
福岡にいます。
昨日から、写真撮ってないので、
なんかしら撮って送ります。
おもしろくない写真で、
恐縮さ。

ねこ。猫。ネコ。
いつのまにか、ねこのことを、
ずいぶん気にするようになっていた。

どちらかと言えば犬のほうが好きで、
ねこを嫌いだと思ったことはなかったけれど、
どことなく「知らない街」のようだったはずだ。
それが、ほんとうにいつのまにか、
かわいいものだなぁと思うようになった。

ねこは、犬とちがって
人間に媚びを売らないからいいだとか、
独立した「ひとり」として生きているから
かっこいいんだとか、
よく、そういう話があるけれど、
ぼくの周りにいるねこ好きたちは、
ほとんど論を語らないのが
よかったのかもしれない。
犬をおとしめてねこの素晴らしさを語られるのは、
どうにもかなわんなぁと思っていた。
むろん、ねこをおとしめて犬を語るのも、
耳に気持ちのいいものじゃない。

犬も、ねこも、人間にどう論じられようが関係ない。
できることなら、人間となかよくやっていきたい。
それはそうに決まってると思う。
犬にしても、ねこにしても、
山のなかに放されて
「さぁ、自由だぞ」と言われても、
そのまま生きていけるようには、できていない。
人間の社会のなかに、
家やら本やら鍋やら花やらと同じように、
セットされているものなのだ。
そういうことがわかったのは、
つい最近のように思う。

そして、犬やねこの目から見たら、
わたしたち人間も、
世界にあらかじめセットされているものなのだ。

ねこが健康だということは、
家がよく掃除されていて
清潔だということと同じだ。
犬もねこも、人間と縁のないエイリアンではなく、
いっしょにセットで世界をつくっているなかまだ。

ただ、うちの犬は
ねこのことをものすごく敵視してます。

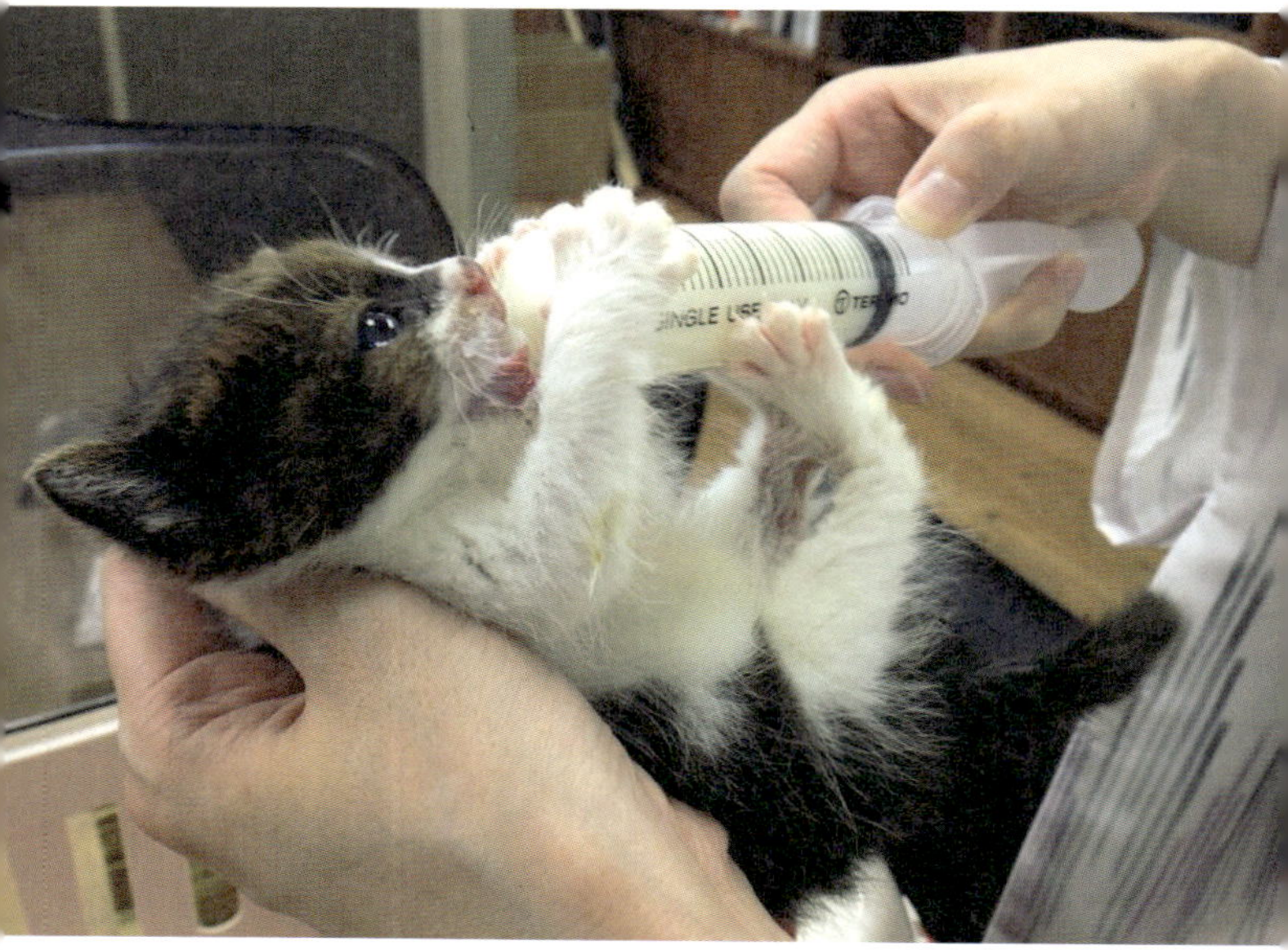

チュパチュパチュッチュッ
チューパチュパチュー
こねこがミルクをのんでますー♪

和田誠さんのひざの上にいる
ミグノンのこねこ。みゃー。

仔猫、ミルクをちゅばちゅばとよく飲みます。
ぼくの指より細い腕で、びんをもむようにしながら、
いのちを吸いこむように飲むのです。
手のひらに猫を包んで、授乳をしているうちに、
なんでしょうか、あれは？
いままで知らなかった脳内麻薬のようなものが、
ぽたぽたと落ちてきていたのでしょうか。
じんわりと多幸感に満たされていくのです。
ぼーっとしてきて、ややこしいことを考えられなくなる。
無口にもなるし、動きたくもなくなります。
えへらえへらと不気味に笑いながら、
ずうっと猫が乳を吸うのを見ているしかできないのです。
……あんなこと、まったく初めての体験でした。

それぞれのこに、なんかいいことありますように。
あたらしい家族が見つかるのが、いちばんだけどね。
「なんかいいこと」、みんなに。

ごめんよ。

ブイちゃん、ごめんよ。
おとうさんは、打ち合わせのとき、
小さい猫をかわいがってました。
告白しておきます。

犬のお散歩をするボランティアもあるし、
その指導をするボランティアもある。
犬や猫を自宅に預かるのもボランティアだし、
あちこちの掃除をするボランティアもある。
お金として、じぶんの稼いだものを使ってもらう方法も、
グッズを買ったりすること、事務の手伝いをすること、
イベントの裏方をすることもありがたい。
できることを、たのしくやれるのがなによりだし、
イヤだけどしなきゃならない……では続かない。

そういうこと、いろいろ考えててつくづく思ったのは、
「じぶんちの犬や猫を、ちゃんとかわいがる」こと。
それって、すべてのはじまりだし、基礎だって気がする。
そのうち、他のどうぶつのことも大事にしたくなるしね。

世界中で、この時間、それぞれの猫が、
それぞれの同居人の仕事をじゃましていることであろう。

「ミケちゃんが息をひきとった。」
（@petMignon）

「2014 年夏に生まれて、
2014 年夏を少し生きて、
2014 年夏に亡くなった。
少し、生きてよかったと思ってくれたかな。」
（@itoi_shigesato）

人間以外の生きものって、先を読まずに、
そのときそのときを生きるんだよなぁ。
息が止まる直前まで、そのときを生きてる。
なんだか幸とか不幸とか関係なく、かっこいいなぁと思う。

よしだただしくん。

ブイちゃん、留守番ごくろうさん。

「ミグノンプラン」のパーティで、
よしだただし（現名前ダダ）くんに、
はじめて会いました。
とてもかわいこくんでした。

ねこせんぱい。

ほしよりこさんの愛する
「ねこセンパイ」を、
なでなでしに行きました。
犬は、そのようすを
じっと見ていたのでした。

「ここからは、ことばにならない」ことだらけなのです。
それを、よくよくわかったうえで、
唐突に空中にあらわれた蝶々みたいなことばを、
すっとつまみあげて声や文字にしてみる。
そういうことを繰り返して、
じぶんの「ことばにならない」ところを、
小さく削って磨きあげていくんじゃないかと思うのです。

「ことばにならない」ことを、そこであきらめてしまうと、
次に行きたい（あるいは生きたい）ときに、
足を掛ける場が見つからなくなっちゃう。
だから、やっぱり、あきらめずに、
「ことば」を見つけては拾っておくのだと思います。

無意識のほうは、簡単にできていて、
ことばでの説明がうまくできないことって、
ものすごくたくさんあります。
無意識でわかっていることを、
意識でもわかるまで経験し続けた人が、
プロっていうことなのかもしれない。

ことばっていうのは不思議なもので、
なんにも思うことがなくても、発することができます。
そして、思っているのとちがうことばも口から出せます。
でも、ほんとうに気持ちがいいのは、
思っていることと、発することばが、
ぴたっと合ってるときです。
これは、ぴたっとくることばを探してこられることや、
それをうまく組み合わせたり、的確な間を置いたりという
表現の技術も必要です。
そして、なによりじぶんの思っていることを、
まるごとつかまえて逃がさないことが大事です。
そんなややこしい言い方をしなければ、つまり、
「ていねいに、うそをつかないようにする」
ということなんだと思います。

会話のなかで間が空いたとき、
「いまの間はなんだ?」と考えれば、
ことばさえなかった、そこの間に意味が生じてくる。

「**カワイイ**」という箱には、なんでも入れられる。
体系があったり、権威や基準があるのではなく、
「**カワイイ**」と思った誰か」がそれを決められるのだ。
海外に輸出されている「**KAWAII**」についても、
「**カワイイ**と思う側の見立て」のおもしろさが
大事な要素としてあるように思う。
妖精のように見える**ももひき姿のおとうさん**も、
水族館の**オオグソクムシ**も、ミグノンの**老犬**たちも、
「**カワイイ**」の箱のなかにいる。
そう、「好意の容れ物」としての「**カワイイ**」は、
愛の総量を増やすようなちからを持っている。

すみだ水族館で見た、たくさんのペンギンたち。
飼育のスタッフから、
「9組のカップルがいるんです」と教えてもらった。
そうか、数えてあるんだね。
カップルのペンギンは、いちゃいちゃしてるのも、泳ぐのも、
ぼーっとしてるのも、ずっと2羽ずつ、くっついてる。
オスとメスが基本だけど、オスとオスもいるんだって。
いいんじゃないか、それはそれでねー。
いっしょにいるのは、他人でも同性でも、みな家族だよ。
どのカップルがオスとオスかわからなかったけど、
「おう、がんばれよ」っていう気持ちになったな。

サンタクロースって、いろんな謎があるけれど、
そのなかでも、実際、すごいなぁって思うのは、
空を飛んでやってくるということじゃないか、と。
「サンタのおじさんやってくる」って歌ってるけど、
道路を歩いてくるわけじゃないんだぜ。
トナカイがひくそりに乗ってるとはいえ、
夜空を飛んでくるっていうことを、
こどもたちよ、おとなたちよ、もっと感心しろよ、と。

真顔でじぶんや他人の「死」について語れたら、
それは彼が何歳であっても、大人だという気がする。

他人といっしょにいる時間がすべてになったら、
「じぶんとの対話」はやりにくくなるはずだ。
「自問自答」というかたちで、
じぶん自身に問いかけて、じぶんから答えを引きだす。
このことをなくしたら、ひとりひとりの人間の、
ほんとの「その人らしさ」は育っていかないように思う。

日本中から、いや世界中から、
千人の「ともだち」を探すのは簡単になった。
ただ、たった一人の「親友」を見つけることについては、
昔もいまも、なんにも変わっちゃいない。

笑顔って、いいなぁ。

それが見えたとたんに、
抱え切れないほどの花束だとか、
視界に入り切れないような広々とした空と海だとか、
優しいものにふわっと抱きしめられるだとか、
そんな大きな贈り物をもらったような気になった。

笑顔は、じぶんだけのためでなく、
それを見ているたくさんの人びとを
笑顔にしてくれる。

笑顔は、世界を信じているときに咲く。
ひとつ咲いた笑顔は、
次々に他の笑顔を咲かせてくれる。
最初にぽっと咲かせるものでありたいね。

笑顔って、いいなぁ。
笑顔がいくつもいくつも見られるためには、
まず、じぶんが笑顔になれることだ。

が多発しています
には、
ご注意願います。

こどもに泳ぎを教えていて、ひとりで浮かんで泳げるようになったそのとき、泳いでいる本人が、高笑いをしていたのを憶えている。「じぶんが泳げている」とわかって、ものすごいうれしさがあったのだろう。これは、ぼくのほうも忘れられないうれしさだった。同じように、自転車の乗り方を教えていて、すうっとひとりで走れるようになった瞬間というのも、じぶんのことじゃないのに、すごい快感があった。▼思えば、それよりもっと前、赤ん坊時代に、立ち上がって歩き出したときにも、けらけらといかにもおもしろそうに笑っていたっけ。むろん、ぼくも満面の笑顔だったと思う。▼なにかができるようになる、というのは、ずいぶんと根源的なよろこびだよなぁと思う。そして、それは本人のよろこびでもあるけれど、周囲の人びとの快感にまでつながっているものなのだ。▼そういうよろこび、そういううれしさは、探せばけっこうたくさんあったような気がする。じぶんの自転車を持ったときには、「もしかしたら、これさえあればどこへでも行ける」と思えていたような気がする。バイクやクルマの免許をとって乗りはじめたときも、やっぱり同じようなことを思った。生まれ育った家を出て一人暮らしをはじめたときにも、わけのわからない万能感に酔っていたような気がする。▼頬を紅潮させて、なにかができるという期待に笑いがこみあげてくるような感覚、それこそが、ぼくのいちばん好きなものだった。じぶんでもいいし、こどもや、仲間のことでもいい。すげぇな、すごいぞ、すごいっ、そう言えてることがうれしくて、その勢いでしばらく生きられるような気がする。スポーツ選手や、芸術家の表現に望んでいるのも、その感覚なのだろうなと思える。▼さぁ、これから、ぼくはきみは、なにをしてやろう。

とてもたのしい時間を過ごしたときに、「もうこんなに時間が経っていたのか」と気づく。2時間が1時間に感じられてしまうとか、1日が半日のように思えてしまうとか。▼つまり、たのしい時間というのは、極端にいえば、限りなく減っていって無に近づいていくのかもしれない。逆に悲しかったりつらかったりする時間は、いつまでも妙に思いだしてしまったりするものだ。▼とてもおいしい料理をいただいているとき、食べ終えた瞬間に、ぼくは思わず言った。「食べなかったような気がする！」そこまでアホじゃないから、食べたのはわかってるよ。それに、食べている間も、さかんに「おいしいなぁ」と思ってた。でもそれなのに、食べ終えたとたんに、おいしかったという思いが、消えてしまったような感覚になるのだ。とてもまずいものを食べたら、いつまでもその味は忘れられないだろうな。▼そういえば、釣りに夢中になっていた時期に、遠くの湖からの帰り道、さんざん釣りをして疲れ果てた釣友と、「ああ、釣りがしてぇなぁ」と言ったものだった。ここでは、釣りをしていた時間は消えていて、次の釣りをする時間を夢想しているというわけだ。▼とてもうれしかったとか、夢中になるほどたのしいとか、こころのよろこぶことって、消えちゃうのかもしれない。だから、またそれに会いたくなる。なんどでも飽きないのは、忘れちゃうからとも言える。人生全体が、こうだったら最高なんじゃないかなぁ。

個性がないとお嘆きのあなた。あなたは、じぶんに個性がないと思っておられる。さらに、なにかしらの取り柄もないと考えておられる。しかし、見逃してはいないか。あえて、見逃してはいなかったか。あるではないか、そこに、個性の原石が。▼あなたには、欠点だの弱点だのがある。そんな欠点や弱点は、他の人は持っていない。個性も取り柄もないというあなたにも、欠点というものがあるということを思いだそう。▼そう、それこそが、探していた個性だ。あなたが欠点だと思っているところをこそ、人はおぼえているものだ。そう、その欠点はあなたの「しるし（サイン）」なのだ。それが、個性というものなのだ。▼問題は、欠点という原石を、どう輝かせるか。そのままじゃ、妙な石ころに過ぎないものを、磨いたり削ったりして「個性」にしてしまう。▼このやり方は、人間にかぎらない。欠点や弱点のある地方が、それを「個性」にする。欠点や弱点のある組織が、それを「個性」にする。そういう考え方を、してみるほうがおもしろそうだ。▼欠けているところや、足りないものについて、まずは追いつこうなどとしていたら、追いつく前に埋もれて腐ってしまうかもしれない。欠点やら、弱点やらだと思われていたことを、どういうふうに「うらやましいもの」に磨きあげるか。取り柄を探すとき、ついででいいから欠点を探す。弱点克服じゃなくて、弱点の価値化への挑戦だ。

紅葉は自然の作品なので、作家はいない、と言い切ったらちがうような気がしてきた。▼山に自然に生えている木々は別として、人びとの見物しやすいところに群生している、あの冬に色づく植物たちは、誰かが植えたからそこにあるんですよね。おそらく、そんなに背も高くない苗木のうちに、ここで伸びて育ってくれたら、さぞかし紅葉の季節に人をよろこばせるにちがいないと、植えて根を張らせてくれた人がいたわけです。▼作者だか、計画者だかを意識して紅葉の木々を見ると、実にうまいこと配置されていると思えてきます。こんな間隔で、こんな種類の苗を、こんなふうに植えようと、未来の景色を想像している職人の姿が思い浮かんでくる。▼そして、赤く色づいている木が、静かに存在を消している木とうまいこと一本おきに植えてあることに気づきます。静かに押し黙って気配を消している木とは、春になったら一斉に歌いだす桜なのです。▼秋から冬へのたのしみと、冬が去って春が来たことのたのしみと、一本おきに仕掛けた作者がいたんだなぁ。アートだ芸術だと言われてはいないけれど、いい仕事してくれた人に、いまさらですが感謝しました。

「こころ」はもののかたちをしてない。「ほら、ここに」と見せられない。じゃ、そういうものはないのかと言えば、ないと断言できる人も、ほとんどいないだろう。▼ぼくは、なんとなくじぶん自身には、「こころ」というものは、「関係」みたいなものだと理解させている。たとえば、夫婦というのは「関係」だろう。それはどこにあるのだと探しても、ひとりずつの男と女が存在するだけだ。▼家という容れ物が見つかる場合もあるし、書類という証拠がある場合もあるけれど、どこにあると探しても「夫婦」は見つからない。でも、誰もが「夫婦」があるのはわかっている。「こころ」というのは、そういうものじゃないだろうか。▼「こころ」は、人間の脳（記憶）も含めたすべての臓器の「関係」の総体だと思っている。

なにをせねばならないということが、なんにもない。
目の前にやってきた状況を、飲みこんで遊ぶ。
エルバ島の観光は、そんな感じでやってるので、
新鮮なおもしろさと、笑っちゃうような疲れがある。
うまくやれることなんか、ひとつもないのだから、
新鮮に決まってるし、くたびれるに決まってる。

アンリさんが、山の上にある教会に行ってみよう、と。
誘われるまま気軽に歩き出したら、
とんでもなく遠くて高い場所だった。
どんな場所であるかよりも、
「ここまで辿り着けた」という、
じぶん自身の「健康」に感謝したい気持ちになった。
これができることが、なによりの恵みだ。
靴ずれはできるし脚はぼろぼろの棒みたいになったけど、
ずいぶんうれしい経験になった。

エルバ島で、石を積む遊びをはじめてやってみた。
大きな石や小さな石を、
ありえないようなかたちで積み重ねていく。
きっと昔から、人間はこういうことをやっていたと思う。

もちろん初心者ですらないぼくのやることだから、
じょうずな人からしたら、笑っちゃうのだろうけれど、
うまく危なっかしい安定が完成したときには、
胸がすっとするような快感がある。
新しい力を加えることもなく、
ただただ石がどうありたいかを尋ねて重ねるだけ。

できることなら、できるし、
無理なことは、たぶん無理なのだろうな。

「バランス」のおもしろさは、いわば、
ある種のプロデュースのおもしろさであり、
力を加えることなく潜在的な能力を発揮させることだ。
人体、組織、さまざまな活動、関係、ビジョン……。
「バランス」の側面から、いろいろ考えてみたい。
新しい力を加えないというパフォーマンスって、興味深い。

「住めば都」ということばがありますが、
今回、よくわかったのは「見つめれば名所」です。
百年単位の時間を塗りこめた巴里の街にきたら、
もう、マンホール見てたって好奇心は沸き立ちます。

『MOTHER2』のアメリカのファンたちが取材にやってきた。
小学生とかだった人たちも、結婚したりこどもができたりして、
まだこのゲームのことを愛してくれている。
いろんな仕事したけど、このゲームってのはなんか特別なものだなぁ。
そのアメリカのファンの人たち、生まれてはじめての海外旅行が
日本の東京の、ぼくのところなんだって。
なんだか、ゲームの続きみたいだなぁ。

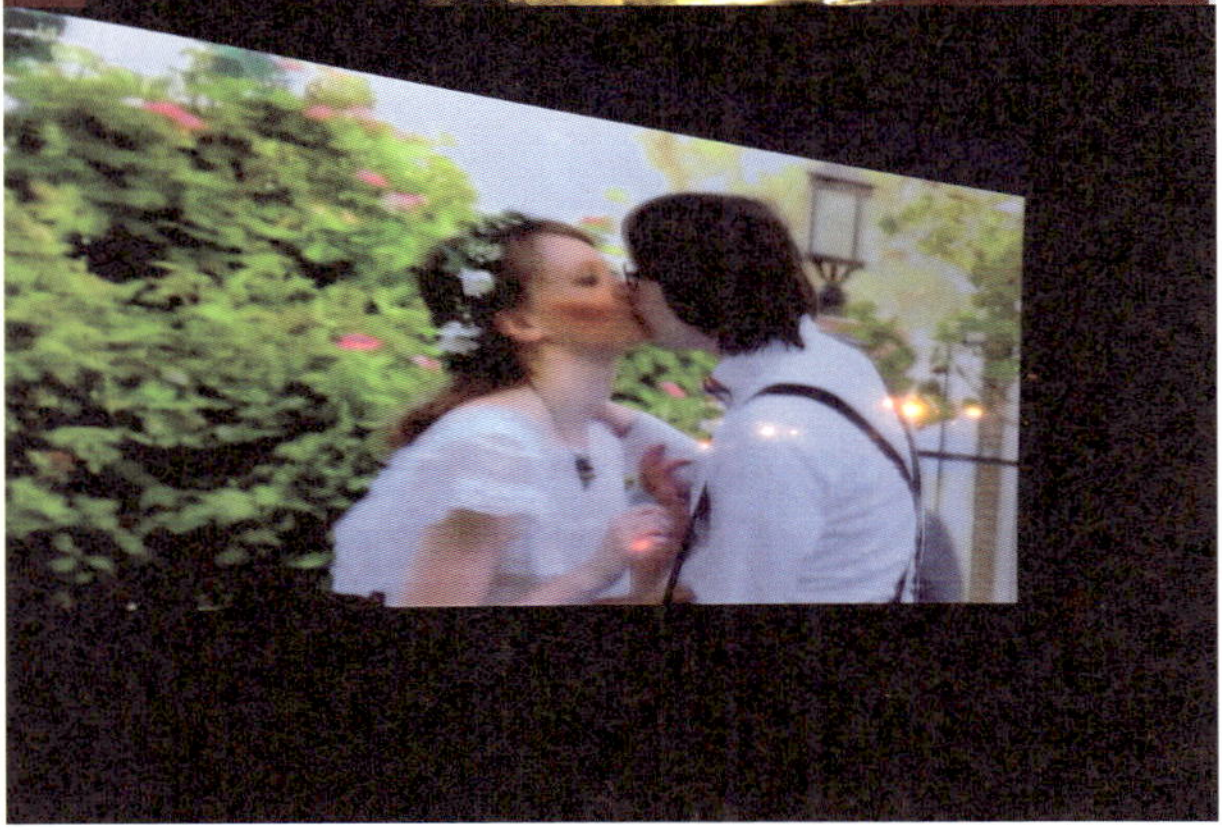

わしはいま
『MOTHER』のファンとして
知り合ったリンジーの
結婚のお祝いにきてるよ。

本業の仕事の他に、ゲームづくりをするというのは、
なかなか大変なことだったような気もしますが、
大変さとか苦労とかっていうのは、
あんがい記憶にないんですよね。
というより、うれしかったことも記憶から消えてるわ。
細かいセリフだとか、遊びのしかけのことだとか、
表現のほうが忘れにくかったりするものです。
そして、それ以上に、あのゲームで遊んでくれた人が、
あの世界で遊んだことを、いまも忘れないでいてくれて、

ぼくに「ありがとう」とか言ってくれているので、
ぼくはあのゲームを忘れることができなくなっています。
作者というか作者たちと、それを読む人、遊ぶ人。
そのまるごとが、作品なんだとつくづく思います。
どう言ったらいいか……。
お若い人たちよ、十分に年をとった皆さんよ、
たのしく一所懸命に仕事をすると、いいことがあるぞ。
ぼくは、つくづく、そう感じています。
ぼくは、ぼくの人生よりも長いものをつくりたいのかも。

釣りにも、いろいろあってさ。
「どせいさん」たちがやってたのは、
「とり釣り」なんだよね。

お祭りだとか、テーマパークだとかに売ってるような、
空に浮かぶ風船があるだろ。
あれに、小魚とかつけて空高くあげるんだ。
で、じぶんは芝生とかに寝そべってさ、
ずうっと空を見上げてるんだよ。

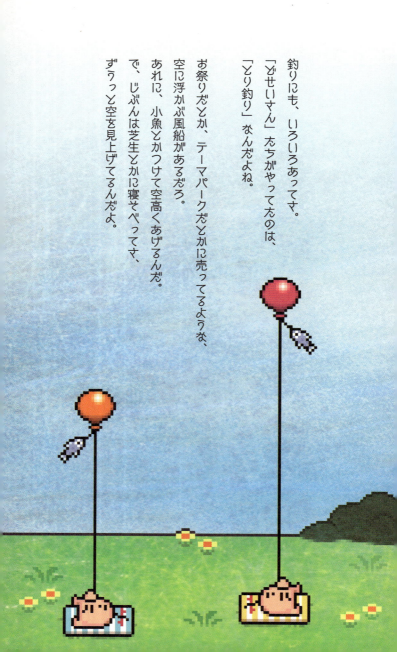

ま、「どせいさん」のことだから、
それでうまくいったのかいかなかったのか。
わからないんだけどね。

ずっと、ベッドに入ってから落語か講演の録音を
イヤホンで聴きながら寝ていたのですが、
このところふと思い立って音楽にしてみたのです。
環境音楽、クラシック、ジャズ、どれも眠れる……。
それどころか、最近ではレッド・ツェッペリンでも
10分で眠りの世界に入れるとわかりました。

誰かが、誰かを「子分」にしているように見えるときには、
その「子分」の魅力に、ボスのつもりの誰かが
すっかりメロメロだったりする場合も多い。

セミの名前は、みんなあだ名みたいだ。
「あぶらゼミ」、言われたくない。
「みんみんゼミ」、軽んじてないか?
「にいにいゼミ」、にいにい言うけどさー。
「くまゼミ」、よくある雑なあだ名。
「ひぐらし」、さみしすぎるだろう!

犬の肛門のしくみって、
「一時的に、内部が外にでて、ふたたび引っ込む」
ようになってるでしょう。
あのしくみのおかげで、
拭かなくていいようになってるわけですよね。
あれ、なんとか、歯みがきとかケチャップや練りからしなんかの
チューブに応用できないでしょうかね。

谷繁監督、上島竜兵、西田敏行が、
黒服に白いネクタイで引き出物の袋下げながら、
「どっかで飲んでく?」とか言いつつ
店探してるところを見たい。

なまこの恋人、なまお。

ぼくの頭のなかの世界には、
これまで、ヤギが少なかった。

I have a world
in my head.
Not many
goats
were there
until today.

デザイン・秋山具義

きゃらす。

犬が思うに、
うちの近所にいるキャラスは、
ずっと同じやつです。
声も同じだし、近づいても逃げない
こころの強さが、同じなんです。

きゃらす。

夕暮れの雲のおもしろさ
……と思っているところに、
いつものキャラスが横切った。
暑い日だったな、おたがいに。

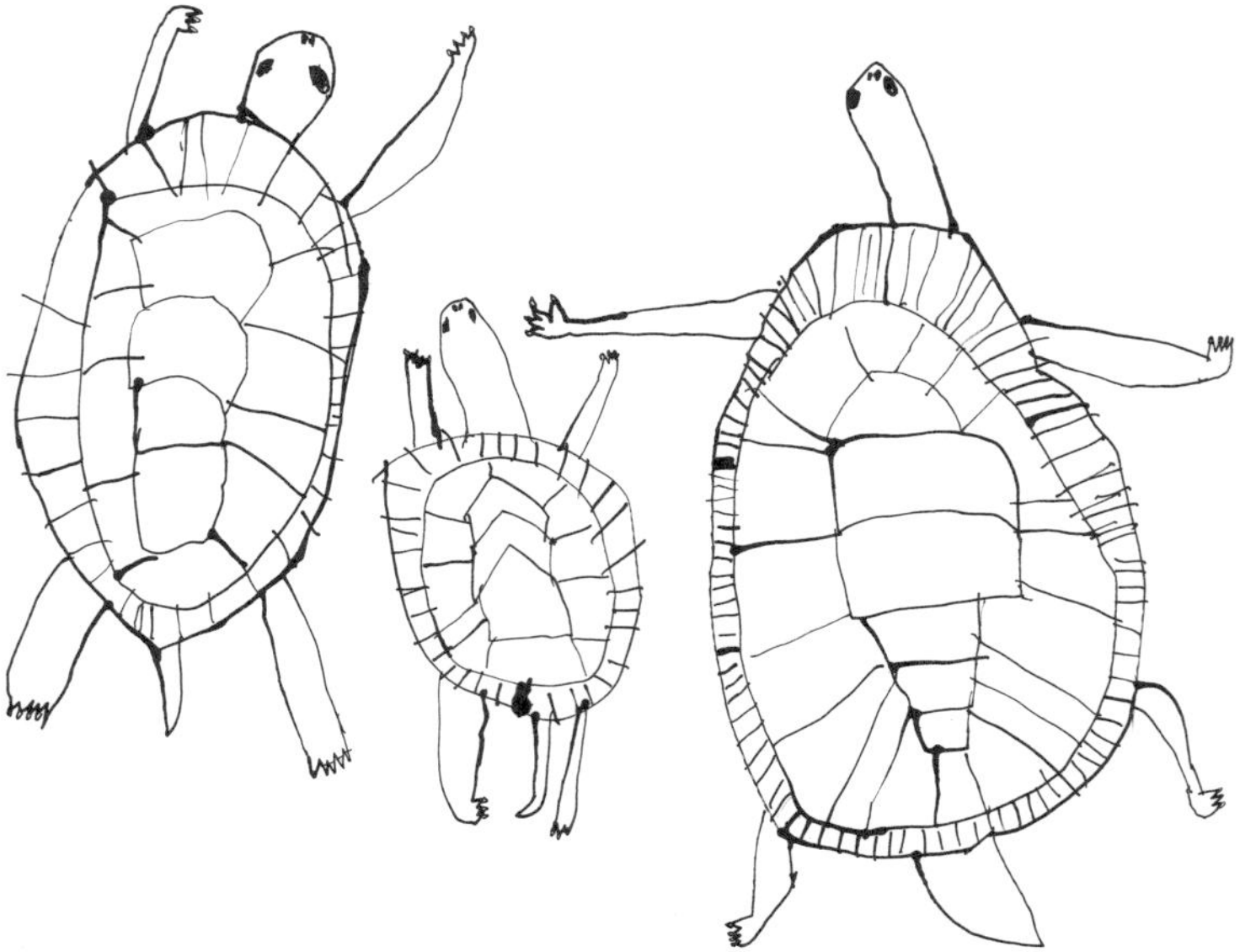

いっしょにいる人に「おもしろい」と言われることほど
たしかな関係はないのではないか。

休みをとってのんびりしてると、
ぼんやりしたことも、あんがいむつかしいことも、
くいしんぼなことも考えて、
けっこう頭のなかが波乱万丈になる。
そして、こころのなかに、
かなしいことも考える場所ができるから、
いつもよりすこしかなしい。

休みのときに、少し落ちこんだような
いつもよりちょっとさみしい気持ちになることは、
ごく自然な、とてもいいことなんじゃないでしょうか。

ぼくは、休みの日には、
いつもより少し誇大妄想的で、さみしがりやになります。
で、休みが明けたとき、少し呼吸が上手になっています。

なにかことをするには「じぶんを見る鏡」が必要だ。

「100円のりんごがあるとき、
100円よりもりんごのほうが価値がある」

100円がここにあったときに、
そのままで200円に交換してくれる人はいない。
しかし、100円のりんごは、
100円以上の価値を感じてくれる人との間なら、
120円で買ってもらえるのだ。
さらに、100円のりんごは、
200円の鉛筆と交換してもらえる可能性がある。

「わらしべ長者」をスタートさせるためには、
お金からお金への展開じゃ転がっていかないのだ。
お金は、ほんとうに記号なので、
100＝100なのだが、
りんごは、誰にでもではないけれど、
100＝100＋αというマジックを見せてくれるのだ。
だから、ぼくらは100円ではなく、りんごをつくる。

りんごのほうが価値があると、ぼくは言いたい。
そっちのほうが真実なのだと、ぼくは思っている。

「目の前で、そこだけの感動をあたえてくれるもの」

という意味では、音楽の世界だけでなく、

ライブの持っている価値は、あらゆる場面で求められる。

手編みのセーターが着たいのも、

ライブのような感動を求めてのことだ。

「いましかない、ここにしかない、ひとりしかいない」だ。

この工事は、
なにを意味しているのか？
じゃーん！

志村ふくみさんと、娘さんの洋子さんと、
両方が宝ものを生みだすような人たちで、
しかも、そのじぶんたちのしていることを、
なんとかことばにしようとしている。
もちろん、ことばにできない領域が、
あまりにも広大であることも知っていながら、
染めた絹の糸だけでなく、ことばまで織りだしている。
そのことが、どれほどの社会的な財産になっているかと思う。

とびち。

このごろ、犬は散歩のときには
「TOBICHI」に行きます。
今日は、裏のほうまで、
たくさんのお客さんがいました。
「ろうにゃくなんにょ」だそうです。
あと、犬も、です。
みんなになでてもらいました。

あやしい。

おとうさんが、
びんに乗せたへんなものを置いて、
犬といっしょに撮ろうとしてる。
犬は、警戒しています。
なにやらあやしいからです。
なんだあれは？

しふぉん〜。

犬が協力しないので、
おとうさんはあきらめて、
そのへんなものだけで
写真を撮ったのでした。
これが「シフォンケーキ」かぁ。
ちょっと食べさせてくれるかな？

ミグノンに行きました。

ブイヨンは、ちょっと震えていました。
人間にたいしては、かぎりなく
「ゆうこうてき」なのに、
他の生きものにたいしては、
「ひゆうこうてき」なのです。

ミグノンに行きました。
そして、大きな声で、
「わんっ!」といって、
急にその場から
離れようとしました。
みんな、びーっくりしました。

人間から、「死」というゴールを奪ってしまったら、
「生」はつらいばかりになってしまうのではないだろうか。
『かないくん』の文を書いた谷川俊太郎さんは、
ゴールを見ながら生きていた青年だったと思う。

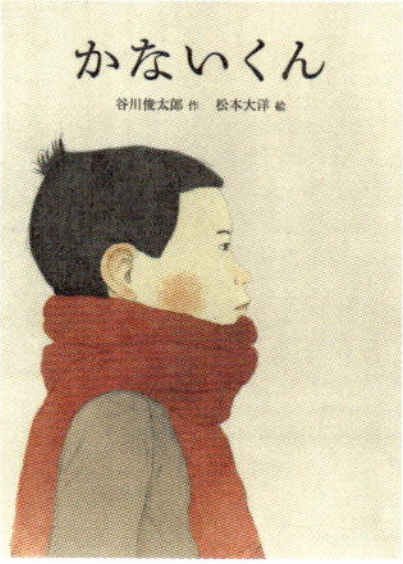

「だいたい知ってるよ」とか、
「いまさら、もうそんなこと知ってもしょうがない」
という気持ちも、わかります。
が、その「知ってること」が、
3年前の新聞や雑誌の見出しだったりもしてるんです。
新潮文庫『知ろうとすること。』。

川島雄三監督の『雁の寺』。
若尾文子さんが、もうね、きれいでいやらしいの。
こんな昔の映画の女優さんのこと、話す相手もいないし、
そのままになりかけていたら、
家人がすっかり乗ってきて、激しく同意していた。
昔の女優さん、みんな、うまくてきれいでいやらしいと。
監督が、かなり演技の演出をこってりやってたようだ、と。
興味深くなってしまったので、昔の映画をもっと観て、
うまくてきれいでいやらしいを鑑賞しようと思います。
いつからか、きれいといやらしいは、
女優ごとの「分業」になっちゃったんじゃないかなぁ。

『鶴瓶の家族に乾杯』のレギュラーをしている鶴瓶さんは、日本一犬に吠えられている司会者かもしれない。

平野レミ、大竹しのぶ、清水ミチコのトリオ。

にこにこ。

ブイちゃん元気ですか。
おとうさんは、伊丹十三賞にいます。
リリー・フランキーさんの受賞です。
なんだか同窓会みたいに
たのしかったです。
「夏ばっぱ」も、にこにこ。

三浦半島の先っぽのところに「小網代の森」があります。
この森全体が交響曲のような、
音楽を奏でているとたとえられるのですが、
そこで指揮をとっているのが小川の水の流れなのです。
水の流れがコントロールされることで、
土が運ばれたり、湿地がつくられたり、
そこで生きる植物に居場所ができたり、
暴れ者の笹やぶが諫められたりしていくのです。

見学に行ってきたのですが、刺激的だったなぁ。
歩いてる足や身体もですが、
頭のなかも気持ちいいという実感がありました。
無理がないつくり方の「道理」が気持ちいいのかなぁ。

小網代の森
こあじろのもり
至 県道26号
216
(県道)
シーボニア入口
至 城ヶ島
至 油壷
至 油壷
26
(県道)
配水塔
白髭神社
宮ノ前峠入口
南の谷
小網代湾
浦の川
眺望テラス
えのきテラス
アカテガニ
広場
まんなか湿地
中央の谷
やなぎテラス
北尾根入口
北の谷
湿原
引橋
三浦市
ずい道配水池
引橋入口
引橋
現在地
134
(国道)
浦海岸
至 三崎口駅
N

忙しいを自慢にしてると忙しいを養わなきゃならなくなる。

知りすぎて、もっと知りたがって、
なにもできなくなっちゃう人は山ほどいる。
それは、おそらく「なにかする」動機が
ないからなんじゃないかと思う。

じぶんのなかにある「ねたみやひがみ」の感情、
下世話だったり、下品だったりするもののほうが、
「ほんね」、つまり正直で誠実であるとされ、
そうありたくないとするものは、
「建前」「過剰に人によく思われたい人間」
という枠のなかに追い込まれてしまうようになった。
ぼく自身は、人並みに俗っぽい人間だと思うけれど、
じぶんのなかの「ねたみ、ひがみ」という感情のことを、
恥ずかしいもので、なくなればいいのにと思っている。
「ねたみ、ひがみ」なんて、自慢できるものじゃない。

細かく張り巡らされたコミュニケーションの線路の上を、
無数の「誤解」という電車が走っている。
賑やかなことである。

「また聞き」と「受け売り」を除外したとして、
じぶんで考えたことって、どれくらいあるのだろうか。

頭のなかの棚や、引き出しに、
たくさんの「人の考え」を整理してしまっておけば、
必要に応じて取り出して、
じぶんの考えのように披露することができる。
それを職業にすることもできるし、
それを武器に戦うことだって、きっとできる。

だけど、「また聞き」と「受け売り」、
つまり「引用」や「コピペ」のようなものを
いったん処分してみて、
わたしは、どれくらいじぶんで考えたのだろうと、
棚卸ししてみる必要があるのではないか。

たいていのよからぬことは、わざとやるわけではない。
なにかの事情や理由があって、そうなるのだ。
しかし、そのときに「事情や理由」のせいにしたら、
「当事者」はいなくなってしまうのだ。
「なにかのせいにする」ことばかりしていたら、
じぶんとして生きていけなくなる。

二択の問いかけを前にすると、
なんとなく、その問いそのものを疑わなくなります。
どっちかを選ばなきゃいけないような気になってしまう。
答えは、そのふたつのうちのどちらかにある、
ような気にさせられます。

問いかけって、ちょっとした「パワー」なんですよね。
答えることが求められるという意味で、軽い命令です。
たぶん、だから「問い詰める」というやり方がある。
「イエスかノーか?!」も問う側の都合でしょう。

「いまがんばらなくて、いつがんばるんだ！」とか、
「いま、起ち上がるとき！」とか、
「いまを逃したら、一生後悔するぞ」とか、
追い立てるように、追い込むように、
「いま」でなければならないと語られるとき、
それは、だいたい、おおむね、ほぼ、かなり、
「いまを強調する人の都合」が語られているのです。
大事な「いま」は、これからも何度だってあるはずだし、
それは、じぶんで決めることだと思うのです。

人を根拠なく責め立てたり、人格攻撃をしたり、
敵だと決めつけた相手には、
聞くにたえないような悪罵を投げつけたり、
目的のためには汚い手段も許されるべきだと
思ったりしているような人が、
どんなに志高く博愛的な目的を持っていたとしても、
そういう人がリーダーシップをとるような世界に、
ぼくや、ぼくの大事な人たちを住まわせたくない。
絶対に、ぼくはそこでひどい目にあわされるに違いない。

目的がどれほど崇高であると主張していても、
実際に、人間を相手にしながら、
非人間的な攻撃をやれてしまうような人が、
おおぜいの人間を幸せにするとは思えない。

「あいつは敵だ。敵を倒せ。どんなことをしてでも」
とても、わかりやすいメッセージだし、
いちど思いこんだら、手放せない呪文になりそうだ。
しかも、相手が同じことを考えていた場合には、
じぶんたちが先にやられるという恐怖もある。

ほんとうに「あいつは敵」……なのだろうか？
なにゆえに「あいつは敵」なのか？
敵は悪に決まっているから、倒していいのか？
どうして、そう簡単に会ってもいない人間なのに、
悪だ敵だと決めることができるのか？
相手を虫けらだと決めつけたほうが、
戦いやすくなるということなのか？
憎しみを溜めに溜めて、怒りをぶつけたほうが、
戦いが有利に運べるということなのか？

どうにも、ぼくにはわからない。
敵を想定しないと、じぶんのやることがやれないのなら、
それは、どこかとても弱い考えなのではないだろうか。

どれほど敵がじゃまだったとしても、
一歩進める道は目の前にあるはずだと、ぼくは思う。
その一歩一歩が力を持っていくごとに、
彼の敵は（いるとしたら）力を失っていくにちがいない。
ぼくなら、そういう方法をとるけれどなぁ。

じぶんの経験の絶対化っていうのが、
さまざまなまちがいの元になる。
経験は、まず「わたしひとりのもの」だということを
胸に刻んでないとあぶないあぶない。

日頃は食べないようにしているジャンクな食いものを、無性に食べたくなるのは、体調の悪いときである。

スキャンダルだとか、人の愚劣や下品な話題に興味を持つときというのは、こころが弱っている。

テレビを細切れに、いっぱい観ている。
ネットにつながっている時間もおおいに増えた。
こうして、いくらでも時間は流れていきます。
ちょっとつまみやすくて、身体やこころに害が少なくて、
ついつい続けて手が伸びてしまう「情報」が、
いくらでも、どこでも、ただのような値段で手に入る。

ぼくの、いまいる場所を、
巨大なプールにたとえるならば、
ここにあるのは水ではなくて、スナック菓子です。

食事の代わりに、しようと思えばなる。
口当たりがよくて、けっこうおいしい。
どんどん手が伸びてしまって、やめられなくなる。
みんながもぐもぐ口を動かしている。
安いし、新しい味もどんどん登場してくる。
でも、みんなが、食事よりもちょっと下に見ている。
このスナック菓子が満々とたたえられたプールで、
ひっきりなしに手を伸ばし口を動かし、
なにか大事なことをしているような気にもなっている。

イラスト・秋元机

「おとうさんは忙しいから」と言って、
今日が終わった。
なにが忙しいのか訊かれたら、
たぶん、うまく答えられなかったと思う。

「おかあさんは忙しいから」と言って、
今年が終わった。
なにが忙しいのかよくよく考えたら、
たぶん、よくはわからなかったと思う。

忙しいから、
忙しいから、
忙しいからと言いながら、
毎日が終わっている。
忙しいから、

忙しいから、
忙しいからとあわてながら、
わたしはなにをしてるのだろう。

思えば、ずっと忙しいらしい。
生まれてから死ぬまで、
もしかしたら、ずっと忙しくて、
なんにもできずに終わってしまうのかな。

「あなたのそのヒマを売ってもらえませんか」

忙しいひとが、忙しそうにたずねていた。

ずっと公園で昼寝していた男が、

「いいよ、いくらでも持ってってくれ」。

忙しそうなひとは、売ってもらったヒマを抱えて、
大急ぎで走り去っていった。

嗚呼面倒臭い面倒臭い。
嗚呼退屈だ退屈だ。
近所も宇宙も馬鹿ばかり。
私もあんたも馬鹿ばかり。
空が晴れたら忌々しい。
雨が降っても苦々しい。
沢山息して御免なさい。
息を止めたら彼の世逝き。
腹が減ったら動けない。
腹がふくれて動けない。
即席阿呆陀羅経で御座居ます。

「負惜しみは、おもしろく」

「寛容」がなければ、「ユーモア」はない。
そして「ユーモア」があるところには「寛容」がある。

関係や場というものを、やわらかくあたたかくするもの。
敵と味方に分けるのではなく、勝ちと敗けを区別するのでなく、
どちらにもよろこびへの道を指し示せるのは、
おそらく「寛容」と、そのなかまの「ユーモア」だけだ。

あらゆる立派な意志も、「寛容」や「ユーモア」と
いっしょになければ、冷たく脆いものになってしまう。
「ユーモア」は、すべての人の守り神でもあると思う。

「ただしいからやる」を、
「たのしいからやる」にずらしていけたら、
いろんなことがうまくいきそう。

「寛容」というのは、論理的に説明しにくいことばだから、
「寛容」でない人に理解してもらうのはとてもむつかしい。

ぎょうしする。
ブイちゃん元気ですか。
水族館だよ。

じぶんを疑う、じぶんに問いかける、ということを、
しようとしないかぎりは、「じぶんの嘘」は見えない。
じぶんを大事なひとりの人間だと信じつつ、
じぶんの嘘を問いかけるようになる。
それが、ほんとうの大人になったということだと思う。
大人になるのは、怖いけれど、気持ちのいいことだ。
「じぶんに嘘はつけない」ことは、すばらしいことだ。

笑いの基本中の基本は、
じぶんを笑うことだと、ぼくは思っている。
じぶんを笑うことが芯にない笑いは、
いじわるとあまり変わらなくなる。
「笑いのタネを見つける」ということは、
「笑いのタネを見つけちゃうじぶん」を見つけることだ。

「そのうちやろう」と思ってることは、
「いまじゃだめなのか?」と問いかけたほうがいい。

「そのうち」が来る日を待っていたら、
ずっといつまでも「そのとき」は来ないものなのだ。
じぶんのやってきたことのなかから、
よかったと思うことについて考えてみると、
「そのうち」のはずだったのに、
なんらかの事情や、巡り合わせがあって、
図らずも「え?　いま?」という感じではじめたものだ。
逆に、「そのうち」と思っていたつもりなのに、
「いまさら、もう」と無くなってしまったこともある。

逆に、「いまやろう」とあわてていることについては、
「そのうちじゃだめなのか?」と考えてみたほうがいい。
そういうことも、言えそうな気がしている。

弱いままでもいいから、強さを持ちたい、って思うよ。

京都にいる間、バリで買った音楽を聴くことが多い。これは、実によくフィットするのだ。周囲が田んぼで、カエルやら、水の流れる音やらで、音の環境が似ているということもある。竹や、金属を叩いてメロディを奏でるものが多いが、これは、日本の祭りの音ともよく似ている。気になって調べてみたら、バリの民族音楽を表す「ガムラン」とは、「叩く」ということばの名詞形だという。▼アジアのいろんな国に、少しずつだけ行ったことがあるが、そこで「アジアっぽいなぁ」と感じたものは、たいてい、日本の祭りやら衣服やらのなかに採り入れられていることが多い。いったん、その目になってしまうと、旅先の珍しいはずの風景に、日本のなじみのある色や、柄、かたちなどが重なって見えてくるものだ。日本は、日本という島国だけれど、あきらかにアジアの網のなかの一部分としての島だ。▼「和」というものが、格別な日本の美意識として独立してあるかのように思いこんでいた時期もあったが、そんなものは、ほんとうに微かで小さなものだと思う。東南のアジア、中国、さらにおそらくは、もっと遠いインドや欧州のものにもつながっている。ほんの少しの日本独特の「和」の美が、ほんの少しだからといってがっかりすることもない。その微であり、小であるものを失わぬことは、なかなか簡単ではないし、とても大事なことだ。▼……なんてことを思っている間、ロック系の音楽をあんまり聴きたいと思っていなかった。なのに、おっどろいたなぁ、東京に戻ったら、とたんに聴こうとしている音楽が変わっちゃった。雨続きだったせいもあるのかなぁ、京都ではあんまり流したくなかったアメリカンロックが、がんがん聴きたくなった。

広告のコンテストのようなものがあって、ぼくもずいぶん審査員とかをしていた。▼たくさんの応募作品が集まるなかに、「写真・デザイン・コピー」が、ぜんぶ同じ人というようなものもある。そして、それがとてもよくできている場合もある。こういう作品が賞に選ばれたとき、つくった人は、まさしく「おれの力」で勝ち取ったのだから、とてもうれしいのだと思う。誰に頼ることなく、誰に遠慮することもなく、じぶんひとりの力を問うて、賞を受けたのだから。▼若いときには、ぼくのなかにも、そんなふうな正味の「おれの力」でなにかやりたいという気持ちがあったように思う。ひとりでがんばって、ひとりで獲物をつかまえる。どうだ、おれはすごい、と言いたい気持ちかもしれない。▼ただ、じぶんが審査員になってみると、そういう作品をつくっている人は、なにかを損しているような気がしてきたのだった。そのときには、うまく説明ができなかったのだけれど、いまなら、わかるような気がする。「せっかく、なかまとやれるのに」ということなのだ。▼じぶんから見て、力のあるなかまを探すのは、なかなかむつかしいことかもしれない。ときには、言い争いになったりもするかもしれない。だけど、写真、デザイン、コピーという、それぞれの仕事をするものがチームを組んでやれるのに、ぜんぶをひとりでやるというのは、痩せている気がする。なかまを集められないのか、なかまを信じられないのか、いろんなケースがあるのだろうけれど、「やろうぜ!」のうれしさのない広告制作って、(あってもいいけど)大きく育ちにくいと思うのだ。▼チームプレイでやっている仕事は、どうしてチームでやっているのか、考えるとおもしろい。おそらく、「そのほうがいい」ことがたくさんあるのだ。「おれの力」を、手助けに使うと、もっとおもしろい。

商品やサービスはよいのだけれど、「伝え方」がよくないということは、あります。そういうことも、あるということです。▼しかし、いまの多くの人たち、「伝え方」に期待し過ぎだと思うんですよね。「なにからまい伝え方があったら、もともとよかったこの商品はもっと売れるはずだ」と考えている人がいっぱいいます。▼「伝え方」の研究をしよう、「伝え方」の技術を磨こう、「伝え方」のプロに依頼しよう、その考えのもとには、じぶんのところの商品やサービスは「よいもの」だ、という前提があるのかもしれません。▼でも、その前にやることがあります。そのサービスや商品は、ほんとに「よいもの」なのか？ それを判断することです。競合の商品のダメなところには、よく気がつき、じぶんの商品のいいところは、無理にでも探せる……という「色メガネ」を外して見て、そのモノは、そのサービスは、「よいもの」「おもしろいもの」「すてきなもの」ですか？ ここの判断がおろそかだったら、「伝え方」だけうまくいってもしょうがないでしょう。だって、あんまり魅力のないものが、うまいこと伝えられたって、（あなたがお客なら）買わないでしょう？▼それは、「商品」や「サービス」ばかりじゃなくて、「わたし」という人間についても同じだと言えます。コミュニケーションより先に、「判断」だと思うんです。価値あるものの「伝え方」には、苦労は要りません。

なんの役に立たなくてもいい、というものがあります。それは、もう、そういうものは、とても大切です。▼「きれいだねぇ」だの「いいねぇ」ももちろんですが、「ばかだねぇ」と笑わせてくれるもの、「しょうがないねぇ」と言わせてなごませてくれるもの。そういうものを、重々しくあつかうこともないのですが、なくてもいいとか、絶対に思いません。「わん」だの「にゃん」だのいう声も、思えば、役に立たないものの代表選手かもしれませんね。▼というようなことを考えるのは、ぼくの性格ですが、おんなじぼくが、役に立つことも大好物なんですよね。気分転換に、ジャムやらあんこやらつくろうとするのも、なにかと考えたことを実際にやってみたくなるのも、なんだか、似たようなことだという気がする。▼「それは、ほんとにできるんだろうか？」という考え方を、ついついしているようです。「まずは、なんとかする」というのも好きですねー。これって「おとうさん的」ってことかもしれません。「おとうさん」の役の人が、実行力のないああだこうだばかり言ってたら、やっぱり家族は不安になっちゃうと思うんですよ。いつごろからか、そういう考えになったんでしょうね。▼「役に立たないもののために、役に立ちたい」ということなのかもしれません。▼なにかと、そういう思考になっているような気がします。実がなって、おいしく食べられる木を植えたがり、しょうもない冗談を言ってはへらへら笑う老人……。あきらかに、そういうおじいさんは、よくいるよね。ああ、そんな人間になっていくことが、わたくしの人生というものなのであろうか。

このごろ、いままで以上に強く思うようになったのは、「明日がある」ということです。ま、あるに決まってるような気もしますが、あえて、「明日がある」ということを思い出すことにしてます。▼それまでの考えは、ぼくの考えということじゃないけど、真剣にやるときには、これが最後だと思ってやる、というようなものだったと思うんです。一度一度に、全力を尽くす。その考え方、わからないではないです。きっと、ぼくも無意識でそう思ってきたんじゃないかな。次がない、後がない、背中に断崖絶壁がある……。だからこそ、後悔しないためにすべてを出し尽くす、と。▼ほんとうに、そうしたほうがいい場面も、あるでしょう。でも、たいていの場合、その時どきの失敗は、その時どきの失敗で、次がないわけでもないし、失敗の可能性も計算ずみです。「それでも、次はないと思ってやります」というのは、ほんとうの力を出しにくいでしょうし、1回1回のチャンスを、ある意味では粗末にしてるとも言えるんじゃないでしょうか。▼まぁ、こういうことを言うと、「真剣にやってる人間に失礼です」とかね、「明日があると思っていたら、いいかげんになります」なんてことを言ってくる人もいるかもしれないけれど、それは、外野の応援席みたいな人の考えでね、実際に真剣にやってる当事者は、だいたい、最終的な集中とリラックスと両方を求めているはずです。▼「明日がある」ということは、「やりなおしが利く」という意味じゃないんです。今日、いまやっていることの結果の上に、次や、その次の真剣さを重ねていけるってことなんです。この一撃に、すべてを望んで最大効果を狙っても、それじゃ1点にしかならないかもしれない。でも、この一度の続き続きを連ならせたら、5点にでも10点にでも100点にでもつながるわけです。もっと若いときに、そう思ってればもっとよかった。▼いまやってる試合は、明日の試合の一部分でもある。

「はたらく」とは、傍（はた）を楽（らく）にすること。これは、けっこうよくできた定義だと思うんですよね。「はたをらくにする」ということばのなかには、それで金銭的な利益を上げるという意味は、含まれてない。なんでもかんでも「ビジネスモデルは？」とか問うのって、最近の流行にしか過ぎないんじゃないか。▼ここから、「はたらく」の3つの場面を考えてみました。「祭り・雪かき・山の茶屋」っていうんですけどね。▼【1．祭り】本人も熱心にやるし、その祭りをたのしみにしている人もいる。それで利益を上げるというより蕩尽するという感じ。ここでがんばるのも「はたらく」なんじゃないか。▼【2．雪かき】好きでも嫌いでも、やらなきゃいけないこと。むろん、お金になるわけもないけど、やる。助け合いでもあるし、まさしく「はたらく」でしょう。落ち葉を掃除したりすることも同じ。▼【3．山の茶屋】これは、利益を上げることでもある。ただ、旅人があてにしている商売だけに、勝手に休んだりやめてしまったりしたら迷惑になる。ビジネスだけれど、同時に社会貢献でもある。▼「祭り・雪かき・山の茶屋」、どれも、そこに「はたらく」人がいないとできないんですよね。そして、どれも人によろこばれることでもある。企業とかの営利の組織も、これくらいまで「はたらく」に含んでいくのが、これからの時代なんじゃないかなぁと、思ってます。

かいちょう。

犬は、最近は調子いいです。
寒い日は、寒いけれど、
お日さまが出てれば、あったかい。
でも、元気だって言うと
いつもおなかをこわすので、
元気元気って
言いすぎないようにしてます。

いいにちようび。

少し暗くなってから、
ボール投げと散歩をしました。
今日は、あたたかい日でした。
ボール投げのあと、
セーターを脱いで出かけたのでした。

ばいばい。

バイバイ　もみじ
きれいだったね
ひらひらと　落ちて
なかよく集まったね
バイバイ　もみじ
また来年　会おうね
ヒラララララーラ
ヒララララララーラ

こばんがた。

いろんな寝姿がありますが、
これは「小判形」というものです。
手足がこんなに畳まれているのは、
よくありそうで、なかなかない。
これだけ完成度の高いものは、
特にめずらしいと思われますが、
さらに、これは目がかわいい。

野球にまったく興味のないぼくの知人や友人も、
毎日、たのしく元気で暮らしているのだから、
ひいきのチームの勝ったり敗けたりは、
ぼくの人生にたいした影響を与えたりしないだろう。
しかも、ぼくがどうしたからといって、
直接に試合を動かせるのは選手たちなので、
実は、ぼくらは「どうすることもできない」のである。

眠い頭に、今日みたいなスワローズ戦はきつい。

でも、おしまいまで観るんだ。

選手は、試合してるんだから。

こういう日もがまんして観るから、
優勝したときとかに、「よかった」って
心から思えるんだよね。

●●●●●○●のようなときに、
どうやって立て直していくのか。
毎年、これを知りたくて
野球を観ているような……気さえします。

坂本の守備範囲の広さについて、
もっとありがたがろう。

「こうなったらまずいな」というような
大ピンチの場面では、

「カモン！　最悪の事態、上等だぜ！」

という心構えで観てるんです。

さっきの、平田のホームランの直前とかね。

なんやかんや言っても、長い戦いのなかでの
順位というのは、ほぼ「防御率」のいい順になる。
これ、けっこう企業の成長にも
言えるような気がするんだよね。

皆思う。勝った試合が、いい試合。

秋になってからも、
語ることになる試合だったと思う。

なぜに朝から
阿部のことなど考えている。
俺よ。

野球は野球、俺は俺。
やることがあるんだっつーの。

負けて学ぶことも多いけれど、
勝ったから学べることも多いですね。
今日は、まさしく後者の夜だった。

「ここぞという試合」とは、どういうものなのか。
それは「どちらも勝ちたい試合」であり、
「どちらも敗けられない試合」ということだ。
敗けるとダメージが大きくて、
勝つと希望が見えてくるような試合というものがある。
敗けた「痛手」も、勝ったおかげで生まれた「希望」も、
どちらもかなり精神的なものだと言える。

考えてみれば、ものすごく鈍感なチームが、
敗けても元気いっぱいで翌日から勝ち続けたら、
「ここぞという試合」じゃなくなるし、
勝ったチームがせっかく勝ったのに悲観的になっていて、
「ツキを使い果たしたかも」なんて言ってたら、
「ここぞという試合」の勝敗の意味はなくなる。

勝率を計算するときには意味のない、ひとつの勝ち星だ。
なのにそれが、こころに影響するというのがおもしろい。
戦略だ戦術だ、技術だ練習だというけれど、
その上で、こころの有りようが、たいそう大事なのだ。

スキがあって、ミスが出て、事故なんかもあって、
傷だらけなのに敗けてないと言い張るやつがいて、
いかなるベテランでも読みようがないような試合。
そういうゲームで、どろんこになって戦って、
なんだかとにかく勝ったというようなことがないと、
「ひ弱」なチームになっちゃうんだよね。
ふつうの個人や企業やらの仕事でも、
定石なんか言ってられないようなタフな展開ってある。
そういうケースを、「いやだなぁ」と思いながらも、
「よしこれは泥仕合経験のいい機会だ」と開き直って、
七転八倒の見苦しさで勝つと、大きな経験になる。

こういう今年をしのいで
強くなるファンたち。

NIPPN
IIJ
一番搾り
JR東日本
ニッタン
NITTAN
財宝
RYOBI
新宿健診プラザ
FIELDS
アートネイチャー
OIZUMI
フコク生命

報知新聞を一文字も逃さぬ
真剣さで読み込む朝なり。
25年前にも横浜スタジアムで、
藤田さんの胴上げを見たのだった。
あのとき、選手だった
原選手、中畑選手が、
監督としてぶつかっていたんだな。
25年かぁ……なんだか、
ずいぶん短かったように感じるなぁ。

ヤキュウが切れてきた。
夜が自由でかなわない。
読書と仕事でごまかすしかない。

これでゆるめの野球ファンに戻れる。
おれのやるべき仕事は野球じゃない。
じぶんの仕事を、当事者としてがんばるぞ！

プロ野球ファンのみなさま、
この冬、「6時から9時過ぎくらいまでのあの時間」を
なんにつかっていらっしゃいますか。
ぼくは、あんまり素敵につかえてないような気がします。

おれは、おれの打席に立つ。

ひとつの冗談でもあるのだけれど、
こういう仮定をしてみる。

「あなたを、とても認めている上司がいる。
そして、あなたも、その上司を尊敬している。
その上司は、あなたに対して、穏やかに、
こんな忠告をしてくれた。」

さて、その忠告（アドバイス）とは？

これをじぶんで考えて、答えるのです。
いや、その、これは
オーソライズされてる問題じゃない。

ぼくがたまたま、あるとき答えのほうを思いついて、
そこから逆に問題を考えたというものです。
先に思いついた、
ぼくの答えというのは、これです。

イトイくん。もうちょっと野球に費やす時間を、
セーブしてみたら、どうかな？

遊びとしてでかまわないので、
尊敬する上司の忠告、
あなたも想像して答えてみてはどうでしょうか。

デザイン・秋山具義

よく「反対するなら対案を出せ」という意見があるよね。
そう、対案が出せたらいちばんいいのだけれど、
そうそう簡単に対案が出せるとは思えないんだ。
だって、反対されているもともとの案にしたって、
予想される反対意見、ありうる対案については
考え済みのことも多いだろうしね。

「反対だけど、対案はまだ思いつかない」
ということは、あってもおかしくないと思うんだよ。
ただね、そこで考えをやめちゃうっていうのは、
なんにもいいことないと思うわけだ。

「反対するなら対案を出せ」じゃなくて、

「反対するなら対案を出したいと思え」でいいんじゃないか。

「反対です、とにかく許せません」みたいなのより、

「反対ですが、対案は次の会議までに持ってきます」

という反対意見なら、周囲の参加者たちも真剣に聞くよ。

まったく語られていないところに、
なにかがうまくいった原因があったという可能性が高い。
その「まったく語られていないところ」は、
じぶんでは探せなかったりもする。
探すことがむつかしい場合もあるし、
探すことに疲れると「運がよかった」と言ってしまう。
こうなると、ここで話は終わってしまう。

「起承転結」で言えば、
「承」やら「転」は、「起」よりはトルクが要らない。
必死でがんばる力というのは、「起」で出すものだし、
その力を出さないと、こころも頭も鈍ってしまう。
だからこそ、若い人であろうが老人であろうが、
次々に新たな「起」をつくったほうがいいのではないか。
「承・承・承・承」もいいけれど、「起」を足そうよ。

赤字や借金は雪玉のように転がって大きくなるけれど、
いいことだって、そういう増殖をしていくんじゃないの？
ちょっとした黒字や実績が、さらなる活動を呼び、
その勢いづいた活動が利益や信頼を招き寄せ、
新しい計画や応援を集め、さらに新しい展開がはじまる。
下り坂の数と上り坂の数は、同じだということ。
捨てる神を信じるなら、拾う神だって探しに行けるよな。

アメリカ東海岸の大学の先生が取材にきてくれた。
話しはじめて、すぐに、
「企業の目的は、利益を出すことというより、
　機会を生み出していくことではないか」
という発言があり、ぼくは、「おっ！」と思った。
その「機会」と日本語に訳されることばは、
「オポチュニティ（opportunity）」という英語だった。
なんだか、いままでぼくが考えてきたことの、
大きなヒントになるような単語が、
飛びこんできたような気がした。

商品がユーザーに出合うことも、「機会」だ。

サービスが、やりとりされるのも「機会」だ。
仕事に人が出合うことも「機会」だ。
よろこびに出合う「機会」、便利さに出合う「機会」、
満足に出合う「機会」、連れてってもらう「機会」、
おしゃれになる「機会」、上手になる「機会」……。

ぼくは、まるで、
昔からじぶんが考えていたことであるかのように、
この「企業は『機会（opportunity）』をつくるのが仕事」
という考え方の広がりに興奮していた。

チームプレイの醍醐味というのは、
じぶん以外の人を信じるというところにある。
前や後ろを信じながら戦えるというのは、
やれることが増えたり、勝つチャンスが増える
……というだけでなく、たのしいのだ。

バンドのメンバーが、マイクの前でうまくハモったとき、
うれしそうに顔を見合ったりする、あの感じ。
じぶんじゃないものを頼みにできるというのは、
「たのしい」ことなのだと思う。

そういうチームをつくるには、どうしたらいいのか。
たぶん、と思うのは、
なによりも「先に信じる」こと。
そういうことなんじゃないかなぁ、と思っている。

なにかおもしろいことで集まろうと思うとき、
なくてはならないのが、「ルール」というものです。
「ルール」のないところに、遊びも仕事もありません。
できるかぎりは、「ルール」のなかで自由なほうがいい。

スポーツの場では、審判という存在があるんですよね。
そこに参加している人びとが、全員、
言うことをきかなきゃならないという存在です。
「ルール」の人格化みたいなものだと言えます。

この「審判」という制度を考えたおかげで、
どれだけ、いろんなものごとが自由にたのしめているか。
新しい遊びや仕事に、「審判」をどうつくれるのか?
これが、とても大事なことなんだよな、と考えています。

スポーツのチームにおいても、営利の企業体においても、
非営利の団体においても、ただの仲良しクラブにおいても、
人が、たがいに「こうありたい」という姿を考えてみたら、
「誠実と貢献」というふたつの要素で、
すべて言えてしまうのではないかと思いました。
「誠実」と「貢献」のかけ算が、
選手というか、メンバーの評価になるんじゃないか。
むろん、どちらがより大事かと言えば、
「誠実」のほうである、とは思っています。

はたらこう。だれかのためと、じぶんのために。

太陽が真上だなぁ。

さっそう。

雨で、気分ののらない日と、
雨だけど元気な日とがあります。
今日は、どちらかといえば、
元気なほうの日なんです。
ボール投げもたっぷりしてもらって、
そのあと、ごはんも食べました。
ラム、おいしかったです。

まけじと。

桜ももうそろそろ、という時期に、
実は菜の花もがんばってます。
もうじき鯉のぼりだね、とか、
人はもう、こころに浮かべます。

まだ。

かみなりさん、
あんまりしつこいのは
嫌われるよ。

今日は朝から気仙沼に向かいます。
とくに大事な用事があるというわけではありません。
去年も、一昨年も、そうでした。
あえて言うなら、「来たよ」ということでしょうか。
その日に、そこにいるということで、
なにか気持ちを交わしたいということかもしれません。
「来たよ」「来たね」ということを、
気仙沼で知りあった人たちと、やりたいのです。

多少のお手伝いをしていることもあって、
ちょっと通っているからといっても、
ほんとうは、なんにもわかっちゃいないんです。

やっぱり、実際の津波の被害にもあってないし、
大きなものを失っているわけじゃない。
だから、いつでも、ぼくや、ぼくらのやっていることは、
ほんとうはとんちんかんなんじゃないかと、
そういう感覚は、消えないものです。
そのことについての、じぶんのなかでの問答は、
ずっと終わるものではないとも思えます。

ただ、「ほんとうは」を追いかけてばかりいると、
なにもできなくなってしまいます。
「来たよ」「来たか」が、基本だねと思って、
今年も3月11日には、気仙沼をうろうろします。

少しだけでも前に進んだと思えるからこそ、
勇気を持って悲しみを見つめられる。
そのくらいまでは、足腰ができてきたとも言える。

たったそれだけのことと、悲観論者なら笑うだろうが、
瓦礫の山は、もう見ようとしても見られない。
ずっと、それを片づけ続けている人たちがいたから。

時間が経って、取り戻せたこともたくさんある。
だから、悲しみを味わう余裕が出てきたのかもしれない。
そう思いながら、あえて言うのだけれど、
東日本大震災の被害は、あまりに大きく、悲しい。
失うものの少なかった者の応援や手伝いは、
まだまだ必要なんだと実感している。
めそめそすることはないのだけれど、
この地に大きな悲しみが襲ったことを心にとめて、
あれから四年目の日常を歩き出そうと思う。

できることをしよう。
できることだけでいいんだもの。
イラスト・福田利之

いちばん悲しそうな顔に見える人が、
いちばん悲しんでいるというわけでもありません。

悲しいに決まっているというときに、
それをいったん心の奥にしまっておいて、
晴れやかな表情をつくっている人がいます。
悲しかったり、さみしかったりするのに決まっている状況で、
人を元気づけたり、励ましたりする側に、
すっと居場所を見つけて微笑んでいたりできる人。
そういう人に、ぼくは、
「無理しないで悲しんだらいいのに」とは、
絶対に言いたくありません。
悲しんでいいとじぶんで思ったときには、
きっとその人は悲しんでいるのでしょうから。
いまそのときの笑顔には、笑顔で応えるのが、
大人としての礼儀であるように思います。

そういう人たちを、特にあの震災のあとから、
何人も見てきたような気がします。
悲しみやさみしさや、
時には怒りや憎しみというようなものを、
静かに休ませておく場所を持っている人のことを、
ぼくは尊敬してきましたし、
じぶんもそうありたいと思ってきました。

だからもし、じぶんの前に大きな悲しみがきたときには、
あの人たちのようにあろうとするでしょう。
そして、あの人たちのようにできたらうれしいし、
そうできなかった場合には、「そうか」と思うでしょう。
それが、そのときのじぶんなのですから。
せめて、なにもないときには、たっぷり笑いましょうか。

よく、おかあさんとか、こどもだけに食べさせて、
「おかあさんは、いいの?」なんて不思議がられてね、
「おかあさん、おなかいっぱいだから」
なんて答えてる場面が、ありますよね。
あれ、けっして、やせ我慢してるわけじゃなくて、
じぶんが食べるよりも、こどもがよろこんで
食べているところを見てるほうが、うれしいんです。

人に「よろこんでもらう」ということは、
もう、ものすごいことだと思うんですよね。
おそらく、かなり具体的に
脳内に快感物質がぽたぽた落ちているような状態がある。
それは、人間という生きものに、あらかじめ
組み込まれた性質なんじゃないかと思うんですよね。

よちよち歩きの幼児だって、
よだれでべとべとのなにやらをくれようとします。

「よろこんでもらう」って、実はなによりの快感です。
「はたらくこと」も、それを得るひとつの方法だし、
たぶん、恋愛だって、家族だってそうなんじゃないかな。
大きな災いに巻き込まれると、
「よろこんでもらう」というよろこびが
味わいにくくなる、という悲しさもあるんですよね。
いつでも人は、「よろこんでくれる人」を、
よろこばせたいと思って探しているのかもしれない。

明日、雪になるらしいよ。
そう言われて、とっさに、わぁと言った。
そのわぁは、おとなっぽいわぁだった。
寒そうだねとか、
足もとがぬかるんで歩きにくいねとか、
犬の散歩がやりにくいねとか、
うれしくないなぁというわぁだった。

でも、そのうれしくなさの裏地のように、
雪かぁという、
お祭りを待つような気持ちがあった。

うれしくないのはうそじゃぁないのだけれど、
わたしのなかにいる、こどものころのじぶんが、
なつかしそうな目をしてこっちを見るのだ。

毎日、昼間の時間が終わると夜がくる。
夜がくるというしらせのように夕方がくる。
こどもには、夕方はさみしい。
夜は暗いし怖いのだけれど、
それはもう、まともに見ることはできない。
思ってもしかたのない闇のなかにある。
夜のお使いをする夕暮れは、

目に見えるのだけれどそのまま消えてゆく。
さみしいという気持ちは、夕方に知った。

おとなになったら、夕暮れはさみしくなくなる。
そして、夜の暗さも怖くなくなる。
そのはずなのに、
わたしのなかにいる、こどものころのじぶんが、
まだ忘れていないよと、
べそをかきながらこっちを見ている。

明日、雪になるらしいよ。
そう言った人もすっかり寝てしまってから、
ときどき、わたしは窓の外を見る。
雪が降ってきたかな、まだ降らないのかな。
降ったらうれしくないなぁと思いながら、
ちらちら降ってくる雪を待っているらしい。

なんでも、できることなら、たのしくやりたい。
できることなら、どんなことでも、たのしくやりたい。
たのしくやれるはずがないということも、
たのしくやれないものかと思う。

馬小屋も静かになったことだし、
さてさて、寝酒でもしながら、
ひとつふたつ嘘でもつくかな。

ぴょんぴょん。

犬はよろこび庭かけまわります。
ほんとですほんとです。
ってゆーか、
雪しかないので、
ぴょんぴょんしながら、
進むしかないのです。
でも、雪がさらさらなので、
ちょっと気持ちいいです。

そういえば。

せっかく、ゆきだるまを
あちこちで見たのに、
ひとつも紹介してなかった。
せめて、ひとつくらいはね。
ぼうしが、ちょっとおしゃれ？
手が、ちょっとイージー？
目が、ちょっとハデ目？

うまく言えずに涙をためているこどもの顔は、
どんな怒声よりも、人のこころに響くでしょう。

どんなことがあっても、笑顔をつくろうとする人はいる。
人を生きやすくさせてくれる人。たぶん、笑顔のある人は。

「人間、ほんとうにいやなことはしない」。
これは、ぼくが、考えの根本にしていることだ。

だから、ほんとうにいやなことからは、
逃げ出していいのだと思っている。
必死で叫んで助けを呼ぶこともおおいによいと思う。
世界中には、逃げられない場にいる人だっているし、
助けの来られないところで立ちすくんでいる人もいる。
それは知っているのだけれど、
まず基本は、「ほんとうにいやなことはしない」だ。

力ずくでさせようとしても、エサで釣っても、
人は「ほんとうにいやなことはしない」。
だから、「ほんとうにいやなこと」というのは強いのだ。

ひとりひとりが、「ほんとうにいやなこと」から、
命がけで逃げ出していたら、
世の中は、もう少しましになっていたんじゃないかな。

どんなことにも、
賛成する人と反対する人がいるが、
どちらとも決めかねたままでいる人が、
いちばん多いのだ。

生きてきた地域や、時代の異なる人どうしが
共に生きていくのは、どっちもがゆずりあうということ。
文化だとか、常識だとか、空気だとか言われている
変わるはずがないと思われていることに、
ちょっとずつ「すきま」をつくることなんじゃないかな。
「変わらない」けど「変わる」ための「すきま」をね。

真剣そうにしていることと、
真剣であることはまったくちがいます。
真剣っていうのは、目に見えないものです。
内側にあってかたちのないものです。

笑顔がすてきで、しかも真剣な人というのが、
おとなとしての理想なんじゃないかなぁ。

「親切」が信じられるっていうのは、
それがこころを問題にしてないからだよな。
「親切」なことを「する」のが、「親切」でしょう。
親切なことを「思う」とか「言う」のは
ちっとも「親切」じゃないでしょう。
すかっとしてるなぁ、「親切」ってやつは。

「よすぎる機会」は、リズムを崩させてしまうのだ。
じぶんを有利にしてくれる「チャンスの踏み台」など、
逆に考えたら、ちょっとじゃまだったりもするわけだ。
チャンスの踏み台は、踏み外しやすい。
「しめた!」っていうのは、「しまった!」に似たり。

とにかく、書き留めるだけで効果がある。
書いておくだけで、「あ、そうか」となにかしら思う。
思うことによって、だんだんと、よくないことは避けがちになる。
ただそれだけのことが、生活を荒れさせないことになる。
書き記すということは、実に力のある管理法なのだ。

「相手が断れないような頼みごとはするもんじゃない」

というのは、尊敬する先輩方に共通する考えです。

ほんとに、ぼくもそう思うし、

「断ることを許されない頼みごと」というのは、
考えてみたら「命令」というものですよね。

袋小路に追いつめた状態で、なにかをするというのは、
なんでも、だいたい、よろしくないことです。
それをやりがちなのは、ほとんどが、
じぶんが「善いこと」をしていると思っている人です。
じぶんがやっていることが「善いこと」でないと、
人を動かしにくいから、じぶんのしていることを、
どんどん「善いこと」だと思いこむように、
じぶんをも「追いつめて」いってるのかもしれません。

「善いことをしているときは、
悪いことをしていると思っているくらいで、
ちょうどいいんだよ」とは、吉本隆明さんのことばです。

習字のお手本というものがあります。
初心者は、お手本のように書けません。
だからといって、お手本を、へたな初心者の書いた「少々ましな書」にするわけにはいきません。
お手本は、基準になるものですから、
それは高く設定してなければなりません。
なかなか、そのお手本のように書けないとしても、
ゆっくりとでも、高い基準に近づくことが大事です。

技術のない人ばかりのところでも、
基準を低くしてスタートしたら、
やがて高くなるということはありません。
「ゆっくり」と「低い」は意味がちがうのです。

……なかなかいいこと言ってるでしょ。
以上は、ドラッカーさんの受け売りなんです。

ひとつ、これはこれで真実だ。
世の人びとにとって、そして、
世の人びとのひとりであるわたしにとって、
ほとんど、だいたいのことは、
「そんなこと知るか」である。
どこかで、なにがあったというようなことは、
「そんなこと知るか」というくらい遠いし、
ほとんど関係づけることもできないのだ。

そして、こういうことも言える。
世の人びとにとって、そして、
世の人びとのひとりであるわたしにとって、
ほとんど、だいたいのことは、
「つながっている」ように思えるものだ。
なにがなにしてどうなってと、たどっていけば、
じぶんのことのように、すべては関係ある。

どっちも言えるし、どちらとも言えない。
「縁」ということばは、大発明だと思うなぁ。

センスとか、美意識とか、洗練とかって、
そのままますぐ行くと
「静かな死」に向かうような気がするんですよね。
ぼく自身は、そういう「感じ」を怖れているのか、
自然と洗練に対して距離をとってるような気がします。

コピーライターの仕事というのは、
その時々によって、少しずつ変化しているのだと思う。
「うまいことを言う商売」「気の利いたことばの人」
「短いことばで稼げる仕事」といったような
世間のイメージを変えさせることはむつかしいけれど、
事実として、じぶんたちの仕事を豊かにしていくことは、
できるはずだし、実際にできているとも言える。
「コピーライターって、なんでもできるはずなんです」
と、若いころのぼくは言ったっけなぁと、思いだした。

紙の本用に原稿を書くときは、
いつもより少し自分勝手になる。
これはこれで気持ちがいい。

いろんな好きな食べものに、
ひとつずつくらい歌があってもいいと思う。
『だいこんおろし』だとか、
『しょうがやき』だとか『からあげ』だとかさ。
創造することが大衆化した時代なんだから、
そんな歌がいくらでもできてもおかしくないのにねー。
『あさりのしぐれ煮』、歌います」「ええ歌やぁ」

魚でも果物でも、「生」で食べられるものは
「生」で食べないともったいない、
と思われがちなのですが。
ぼくは、おいしく食べるなら、どう食べようが、
食べる人のご自由に、と思っています。
いい材料でいい加工をするから、
おいしいものができますよね。

とんかつについては思うところがある。
「どんな料理が好き?」と質問されてもいないのに、
「わたしはとんかつが好きだ」と発言した人を、
ぼくは三人も知っているのだ。

新米の出てくる季節だなぁなんて言ってるうちに、
そうだそうだ、新蕎麦も出てきてる。
ぶどうやら梨やらもおいしかったけど、
柿はおいしい、栗だっておいしい。
栗を使ったお菓子は、いま大張り切りだ。
キノコはうまい、大根もうまい、にんじんもうまい。
アンコウやらタラやら、魚をつかった鍋もおいしい。
牛乳だって、冬のが濃くてうまいんだという。
りんごやみかんも、どんどんうまくなって登場だ。
そういえば、焼きいもなんてものもあったっけなぁ。

やっぱり、餃子のうまさは、
肉の量には関係ないよなぁ。

明日、カンテンをよく冷やして、
黒みつをかけて、桃をのせて食べるぞ。
（だれに　はなしかけて　いるのだ？）

「からしバターと、レタスとハムとパンの香り」
が、たまらん。
想像してるだけなんだけど。

ぼくの場合ですが、
唐突に「あれ、食いたい！」と思うものの代表が、
ラーメン、冷やし中華、ソース焼きそばなんです。
あと、衝動買いして食べるものの代表は、
アメリカンドッグ、ソフトクリーム、あげスルメです。
油脂と酸味とアミノ酸、
これが「唐突食いたくなる系」の共通点かな。

スモークチーズのピザか、天丼か、
穴子天ぷらそばか、
どれかが食べたいけど、
もちろんそう思うだけの夜。

Merry Christmas

おれ、広島県人でもないのに
「広島風お好み焼き」を食う回数の多い人ランキングで、
500位くらいには入れそうな気がする。
今日も食べたし、冷凍庫にも1枚隠してある。

あ、言ってなかったっけ。
おれ、東ハト「オールレーズン」は
トーストして食ってるよ。

おれ、干しいももオーブントースターで焼いてるよ。
それに、さっとしょうゆを塗ることもある。言ったよね。

上あごの皮がむけるところまでが、
目黒「とんき」のとんかつです。

箸が割れるほど硬い天ぷらを食べたことがありますか。
わたしはあります。

「青森津軽煮干しラーメン　激にぼ」っていうの、
どんなもんかいなと買って食べたけど……
ま、こんなもん……その……うまいやんっ！

カニ食べられないのだけれど、
「カニ玉」ってものが食べたい。
エビ食べられないけど、
「エビフライ」っておいしそう。
ぼくの隠れた欲望のひとつです。

さらにチーズを乗せて軽く焼いてもうまい。

米が好きだ。パンも好きだ。
うどんも好きだが、そばも好きだ。
焼きそばも好きだ、ラーメンももちろん好きだ、
さまざまなパスタも好きだ。
はっ。炭水化物はみんな好きなのかも、おれ。
いもも好きだ。
最初にいった米への愛が
うすまってしまったようにも思う。
再度言おう、米が好きだ。再度。パンも好きだ。
……とにかく、好きだ。

いま、おおきなあくびをしたとき、
なんだかすっごくおいしいものの
匂いの記憶がよみがえった。
なんだ、このおいしいものは？

いや。鍋の季節は終わらん！

仕事と、道路が熱くなることを考慮した犬の散歩と、
10時からのサッカー中継と、
2時からの野球中継をバランスよく成り立たせて、
おいしいものも食べられる方法ってないものか……。

ロースカツ定食に、串カツを一本つけて、
豚汁もついてて、
キャベツなんかも二度おかわりして、
ごはんもふつうに一膳食べて、
あまりに腹いっぱいなので歩いて帰ることにした。
目黒から青山までは、
腹ごなしにはかなりいい距離だ。
なんだ、この満足感は……。
「ああ、これで、明日の原稿さえ書いてあればなぁ」
と、言ってもしょうがないことを、ぼくは言った。
「とんかつ食べた、でいいんじゃない？」と、
いっしょに食べていた家人が言った。

生きていると、わからないことだらけだ。
知れば知るほど、わからないことが増えていく。
それは、まったくよろしいことなのだと思う。

死ぬということは、「ぼくのいない世界」が現れること。
しかし、思えば、もともと「ぼくのいない世界」だった。

赤瀬川原平さんが亡くなられた。
ぼくなんかより、ずっと近いところで
赤瀬川さんとおつきあいしていた人は、
ぼくなんかよりずっと赤瀬川さんのよさを知っている。
人がひとり逝くということは、
その人を知っている人のこころから、
なにかを少し奪うことになるんだよなぁと思うと、
それがまたさみしい。

少年時代のゲンペーさん

アカセガワサンハ、
「オネショ」デスゴク
ツライオモイヲ
シテイタコロモ、
ジョウダンヲイッテ
カゾクヲワラワスコ
ダッタソウダ。
「ソーデナクチャナ!」
トボクハソノコトガ
トテモホコラシイ。

しんぼう

亡くなった人のことについて、
亡くなったタイミングで、なにか言うのはむつかしい。
たぶん、事実としては亡くなっているのだろうけれど、
じぶんの思い出のなかに、
まだ、その人の死が入っていないのだ。

生きていることにして語るわけにはいかないし、
まだ、亡くなったことがこころに居場所をつくれてない。
そういう時間があるものだ。
「あの人は、もう亡くなったんだ」と、
何度か感じることが重なって、
その人は、ぼくのなかで思い出になる。

それまでの間、その人の死は、
おそらく「ニュース」なのだという気がする。

「ニュース」に対して、なにかを語るのはむつかしい。
起こったばかりのことについて、考えるのはむつかしい。
考える前に、思うことや感じることも、まだ少ないから、
語るのは、もっとむつかしい。
ある人が亡くなったという事実は、
その事実が感じさせ、なにかを思わせる時間を経て、
なにかのことばを生み出す。
そういうものなんだと、いまさらぼくは整理している。

だから、というと言い訳のようだけれど、
ぼくは誰かが亡くなったという事実について、
コメントすることがほとんどない。
じぶんが、そのことについて言いたくなったときに、
じぶんの言いたい分量だけ言えばいい。
コメントを言う職業でないのだから、それでいいと思う。

死は、山や海のようにあるもので、
良いだの悪いだのの考えは、後からつくられたものです。
ごく単純に、ぼくにも死はセットされているし、
あなたにも、誰にも、死が必ずくるわけです。
生まれるということと、死ぬということはひとつです。
しかし、ぼくらは、生きている間は、
生きているものの世界しか知りませんし、
生きている世界にたっぷりの未練もあるので、
死ぬ時がくることを、いつまでも待たせようとします。
そして、やがて、死は「良くないこと」とされていくのでしょう。
生きようとしても、死んでしまう。
これは、あたりまえの事実なのに。
死を怖れることも、死から逃げようとすることも、
おそらく自然なことなのだと思うのですが、
生に対して死がやってくることを、
良くないこと、悪いこととするのは、逆に、
一生というものへの冒瀆のような気がするんですよね。

「もののあはれ」ってさぁ、日本だの地球だの太陽だのが
いずれは無くなっちゃうぞどころの話じゃなくてさ、
じつは宇宙だって無くなっちゃうって
いうことじゃないかと思ったよ。
そのベースにあらゆるものごとがあるっていう、さ。

おおむね、ぼくは昔語りが好きではないのだけれど、
いつまででも話せる懐かしい人たちと集うと、
昔のことを嫌ってるわけじゃないと、よくわかる。
どれだけ懐かしんでもいいのだなと思う。
だって、それは、いまのじぶんたちの材料なのだから。

過去からの悲劇や喜劇のいろんな材料で、
いまのぼくらはつくられている。
昨夜に集ったぼくらに、それなりの幸あれと思う。

そらをみる。

犬が空の高さを知るときは、
空に用事があるときだ。
空の青さや、雲の流れではなく、
空の方向に、ボールがあるとか。
黄色いボールを見つめるとき、
ボールのさらに向こう側に、
限りない高さがあることを、
ちょっと見る。

終わりをきれいにつくれるというのは、
いつでもはじまりを目の前に置いておけるということ。
なにかの終わりに、すっと風が吹くくらいの音が聞こえて、
やっとみんなが、前向きにいい顔ができるんですよね。

その世界が「すてたもんじゃない」ばかりになってるというのが、
「ユートピア」なのかもしれない。

「おめでとうのいちねんせい」
というタイトルの詩を書いたことがあった。
じぶんのこどもが、一年生になる前に書いたのだった。

それを書いてから、四半世紀も過ぎて、
なんども、「おめでとう」と言いたいことがあった。
うーん、それは、泳げるようになったことだとか、
自転車に乗れるようになったことだとかから、
次の学校にあがったことだとか、
学校を卒業したことだとか、
仕事を少しばかりおぼえたことだとか、
いろんな場面で、「おめでとう」と思ったものだった。

でも、もっと名付けようのない日に、
いつも「おめでとう」と思う気持ちはある。
一年ごとの誕生日だとか、誰だって迎えるはずだけど、
それはほんとは「ありがたいことだぜ」と思うのだ。
よく、また一年元気でやってきたな、とね。
で、もっと言えば、それは、

毎日がそういう日なのだということになるのだ。

けっしてネガティブに言ってるのではないのだが、
おそらく、いままで生きてきた長さの時間を、
ぼくはもう、生きられることはないだろう。
先というものがあって、終わりがあるのを知ってしまった。

でも、若い人たちの目がどんなによくても、
じぶんの見ている先に、終わりは見えにくいものだと思う。
終わりに向けて生きているわけではないものな。
生きていることそのものが、生きていることだ。
そんな日が、今日もやってきたこと、
明日もくるだろうということ、そのことに向かって、
ぼくは「おめでとう」と言ってやりたい。
年下の人たち、あなたは祝福されているよってね。
雨の日も風の日もたのしめるような、
若い人びとに祝福を。

なにを聴こうかわからないときには、
ビートルズを流してしまう。
ずっと、そうだったし、
たぶんこれからもそうすると思う。

予定したわけじゃないのに、
しりとりのように出来事がつながっていく。
しりとりが続くと、ぼくは運のいい人だなぁと思えてくる。

ひかりとかげ。

もう東京に帰っているのですが、
京都にいる間に撮った
ちょっと不思議な感じの写真を。
世は、実に、光と影でできている。
まことに、そうです。

一番うれしいのは、「そうなることを夢見てて、そうなった」こと。

はなはな～。

こっちに曲がったら行き止まり。
そんな気がしたけど曲がってみたら、
きれいな花がいっぱいでした。
花の前で写真を撮ります。
羊羹と、納豆と、パンを持ってます。

ちょっと倒錯的な背景で
あるようなないような。
犬とおやじ。

どっち。

いま外から帰ってきたおとうさんか、
さっき帰ってきた人間のおかあさんか、
どっちが散歩に連れてってくれるか？
もう涼しくなってきたし、
野球がはじまっているので、
これは……人間のおかあさんかな。
たぶん、そうです。

発行・株式会社 ほぼ日

糸井重里のすべてのことばのなかから「小さいことば」を選んで、1年に1冊ずつ、本にしています。

2007年

小さいことばを
歌う場所

2008年

思い出したら、
思い出になった。

2009年

ともだちが
やって来た。

2010年

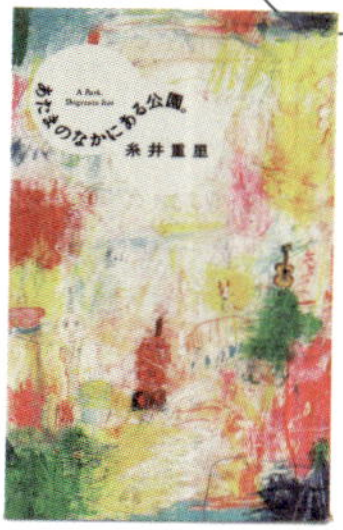

あたまのなかに
ある公園。

装画・荒井良二

「小さいことば」シリーズ既刊のお知らせ。

2012年

夜は、待っている。

装画・酒井駒子

2011年

羊どろぼう。

装画・奈良美智

2014年

ぼくの好きな
コロッケ。

カバーデザイン・横尾忠則

2013年

ぽてんしゃる。

装画・ほしよりこ

忘れてきた花束。

二〇一五年八月　第一刷発行
二〇一八年二月　第二刷発行

著者　糸井重里

構成・編集　永田泰大
ブックデザイン　清水　肇（prigraphics）
進行　茂木直子
印刷進行　藤井崇宏（凸版印刷株式会社）

協力　斉藤里香

発行所　株式会社　ほぼ日
〒107-0061　東京都港区北青山2-9-5　スタジアムプレイス9階
ほぼ日刊イトイ新聞　http://www.1101.com/

印刷　凸版印刷株式会社

TOBICH